生活因阅读而精彩

生活因阅读而精彩

天下美文

-成长卷-

范泽木／著

总有一天，你会对时光微笑

中國華僑出版社

图书在版编目(CIP)数据

总有一天,你会对时光微笑 / 范泽木著. —北京:中国华侨出版社,2014.7 (2021.4重印)
(天下美文. 成长卷)

ISBN 978-7-5113-4772-5

Ⅰ. ①总… Ⅱ. ①范… Ⅲ. ①散文集-中国-当代
Ⅳ. ①I267

中国版本图书馆 CIP 数据核字(2014)第153033 号

天下美文成长卷:总有一天,你会对时光微笑

著　　者 / 范泽木
责任编辑 / 严晓慧
责任校对 / 孙　丽
经　　销 / 新华书店
开　　本 / 787 毫米×1092 毫米　1/16　印张/17　字数/230 千字
印　　刷 / 三河市嵩川印刷有限公司
版　　次 / 2014年8月第1版　2021年4月第2次印刷
书　　号 / ISBN 978-7-5113-4772-5
定　　价 / 48.00 元

中国华侨出版社　北京市朝阳区静安里 26 号通成达大厦 3 层　邮编:100028
法律顾问:陈鹰律师事务所
编辑部:(010)64443056　64443979
发行部:(010)64443051　传真:(010)64439708
网址:www.oveaschin.com
E-mail:oveaschin@sina.com

序

大学是一段蓝色的纯粹时光。我们宛若生活在世外桃源，一切都那么美好。那时感觉不到生活的琐碎与纠葛，我领着父母每个月给我打的钱，过着无忧无虑的生活。我有大把的时间去图书馆看书，让自己在书海里畅游。我在各大社团间奔走，干着自以为惊天动地的大事。我张扬着自己的个性，玩世不恭得像一只猎豹。

那时，我从没想过有一天会向生活妥协。我无法想象有一天，我会理着平头，夹着公文包，西装革履地出入写字楼。我也无法想象有一天，我会出入菜市场，为几毛钱像大妈一样讨价还价。我无法想象的事情很多，然而如今这些都像与我作对似的一一在我身上降临。

多年前，我在一篇文章里写道“成长是一个妥协的过程”。的确，生活慢慢抹平我的棱角，夺去我的锋芒。初入社会的那几年，我像一头困兽，总在社会的深水里挣扎。我希望有一份好工作，又不希望按部就班。我希望自己有好人缘，又不愿虚与委蛇。我活在矛盾里，惶惶不可终日。

工作第二年的中秋节，我到超市买了精装的月饼，并去菜场买了大袋小袋的菜，准备到外婆家与他们团聚。那是我第一次进菜场，里面的气味让我直拿手捂嘴。

见到我，外公、外婆很高兴。看着我拎的大包小包，他们脸上笑容荡漾。我之前每一次去，他们都很高兴，但这次的高兴里还包含某种欣慰。

外婆给我做了一顿好吃的，外公高兴地喝了几杯酒，到后来满脸通红。那天中午，我也喝多了，到后来泪光点点。也许那是第一次，我体会到自己对生活妥协了，然而也意识到，这种感觉并不坏。

少时，家人总会提醒我即使不下雨也要带伞，如今我经常提醒比我小的人，就算不下雨也要带伞。以前，我喜欢骑着摩托车在街上风驰电掣，前段时间，我看到一辆载着三四个年轻人的摩托车从我身边歪歪扭扭地闪过，突然为自己的曾经感到后怕。以前总崇尚“君子远庖厨”，如今慢慢体会到做饭、做家务的乐趣。

前段时间，在朋友的空间看到一段话：渐渐地，我们都会变成以前最看不上的中年人，话题里充斥着家长里短，然后觉得，这样的生活再圆满不过。我们每一天都比昨天更老，但也每一天都比昨天更成熟。留不住青春，敌不过时间，但能让自己生活在最美好的时光里，享受每一个时间段的自己，便已足够。

是的，其实生活是一条河，湍急有湍急的激情美，平缓有平缓的静美。每一种生活的美，都无法替代。

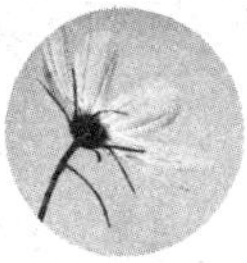

目录
CONTENTS

第一章
给人生镀上金色的光芒

第二章
亮在我成长路上的灯笼

第三章
用心生活过的时光

第四章

贫瘠的生活，也能开花

第五章
每个人都是拯救自己的天使

第一章

给人生镀上金色的光芒

别与生命里的碎末较劲

清晨下楼，发现我的信箱里躺着一封信。随手拿起，不禁愕然，居然是自己寄给自己的。一看，突然想起，是五年前去西塘旅游时寄给自己的明信片。

顺着这张明信片，五年前的那次旅行逐渐清晰起来。

当年，在一家报社上班。7月的一天，我心血来潮，准备去西塘古镇旅游。我的同学小A听后一拍大腿，随即表示要与我同往。

想到与他一起在异乡的街头喝酒，然后一脸微醺地在古巷里游走，我不禁心驰神往，当即订了房间，规划了路线。第二天，我给小A打电话，他说正在出差，傍晚便可赶回。于是，我去火车站买了两张火车票。

到了傍晚时分，我给小A打电话。他说已经在回来的路上了，并让我在火车站等他。等待的时间格外漫长，离火车到站只有一个小时的时候，小A打电话给我，说快到了。我似乎看到黎明前的光亮，身心轻盈。

过了半小时，小A还没有出现，我只能打电话催促他快点。我再次给他打电话，发现他的手机已经关机了。我想，大概是他的手机没电了，过会儿他会主动打给我的。遗憾的是，直到火车到站，小A的手机还处于关机状态，他也没给我打电话。我这才发现，自己也许被骗了。上车后，我的脑子乱得如同嗡嗡作响的马蜂窝，但还是试着给他打了几次电话，但听到的都是“您拨打的手机已关机”。就这样，计划两个人的旅行，变成了我的独行。我不禁火冒三丈，一遍遍地给小A打电话，只希望在接通电话的时候，能酣畅淋漓地骂他一顿，但他一直没有开机。事后我发现，自己的确被他耍了。

受他影响，我旅行的心情大打折扣。在西塘胡乱逛了几条街，突然看到一家代寄明信片的小铺，说是可以给未来的自己寄信，于是把当天的心情和盘托出。从我的笔迹及语气，都可见当时对小A的怨恨。我甚至在明信片中写道“最恨不守信用的人了，真想给他几个耳光”。

然而，五年后的今天，我几乎忘了小A爽约的事，也早已忘却给自己寄明信片的事，尽管自己当时是那么暴跳如雷。我拿着明信片上楼，嘴角挂着淡淡的笑。原来，怨恨可以在时光的洪流中变得如此云淡风轻。

上小学三年级时，坐我前面的是一位名叫小杭的同学。有一次，我们班举行口算比赛。离比赛只有两分钟的时候，小杭的铅笔断了。那天我与同桌都没带铅笔刀，只有小杭的同桌带了。于是小杭向同桌借铅笔刀，没想到同桌断然拒绝。他以为同桌在开玩笑，嬉皮笑脸地跟同学说：“你别开玩笑了，把铅笔刀借我用用吧。”但他的同桌始终没看他一眼。

口算比赛开始了，小杭没借到铅笔刀，只能用牙齿咬铅笔。我记得那天他哭得很伤心，口算卷子上掉满眼泪。因为咬铅笔花了许多时间，小杭那次口算成绩只有30分。下课后，他气鼓鼓地向我们发誓，说这辈子不会与同桌讲一句话。他请求老师换了位置，决定与同桌不共戴天。

高中毕业不久，小学同学就开了一次同学会。在同学会上，小杭与他的同桌相聊甚欢。酒后，我们说起他当年咬铅笔的事情。小杭撇了撇嘴道：“当时确实很愤恨，但过了这么多年早忘了。对整个人生而言，那算屁大点儿事啊。”

我听后，顿时缄默不语。我们不免会因为一些事而怨恨一些人，对其恶语相向，甚至大打出手。而事实上，这些事不过是时间洪流里的细小浪花。几年后，我们也许已全然不记得曾经怨恨过的人与事。既然我们所怨恨的东西在生命中轻如鸿毛，我们又何必对此大动肝火？

把辉煌当作一种幸运

夏日时分，在路边休憩的我忽然瞥到大樟树上的风筝。此时，风筝的出现到底有些不合时宜。从外形上来看，那个风筝残破不堪，显然是春天时分被挂在树上的。与放在店里货架上时相比，它显然已经“人老珠黄”，残败不堪。

在春天时节，这棵年逾古稀的树也算得上辉煌。这是一个很宽阔的操场，而这棵树就立在广场中央。春天时节，孩子们一窝蜂地到操场上放风筝。因为各种各样的原因，挂在树上的风筝为数不少，蜈蚣形的，燕子形的，哆啦A梦形的，喜羊羊形的，不胜枚举。那时，这棵大树风光无限，浑身披彩，许多树穷其一生也无法使这么多风筝为它装扮。我总觉得那时的樟树无比繁华，无比辉煌，活像一个子孙绕膝的老人。

然而大树的繁华时光并不久，春天过去，孩子们便远离了它，它再也无法拥有五颜六色的外衣。春去夏来，樟树日渐茂盛，它的绿叶逐日替代它曾经的繁华。到如今，只有一个风筝还倔强地守候着它，它的繁华似乎从未有过。

这让我联想到我的外婆。每年的春节，她的家里总是人满为患，舅舅阿姨，表哥表弟，表姐表妹，全往她家里挤。那些日子，外婆家里颇有些络绎不绝的味道，烧菜的烧菜，聊天的聊天，打牌的打牌。外婆笑眯眯地坐在一旁，脸上无限满足。我想如果时间一直停留在那些天，外婆一定是世界上最幸福的人。

然而年很快过去。舅舅阿姨，表哥表弟，表姐表妹，工作的工作，上学的上学，外婆家便有些人去楼空的苍凉。外婆开始了平静的生活。她一个人烧饭，一个人干活，一个人看电视，一个人坐在墙边发呆。我问外婆，你不觉得孤独吗？外婆回答，这才是我的常态，过年时的热闹算是我的幸运。

我有个同学，从小体育很好，小学毕业后他被当地的少年体校录取。当时的他风光无限，因为千把人当中，入选的仅他一人。他很快便成了一名举重运动员，接受正规的训练。不过三年，他便出现在当地一些大大小小的比赛里。他的名次或好或坏，但对于我们来说，那已荣耀无比。五六年后，他已参加国家级的赛事，他的家人乃至他的村庄都因此而风光无比。

我一直期待能在奥运会上看到他的身影，却不料他没被选中。年过三十，他退役了，当起了一名普通的体育教师。

有一次，我们在一起聊天，我问他，你曾经风光无限，怎么受得了现在的生活？他淡淡地说，如果把平凡当作人生的基调，那么你曾经的辉煌或成功便是上天对你的恩赐，如此，你便不会对人生有那么多的不满足，这不是自欺欺人，而是一种豁达的心态。他的一席话，说得我哑口无言。

把人的一生当成一条平静的河流，把偶尔飘落的柳絮和撒落的花瓣当作是一种幸运，宠辱不惊，得失不变，方能体味人生的乐趣。

把每一天都当作上天给你的恩赐

70 岁以后，他突然如同变了一个人。他组建了自己的舞蹈队，和一大帮老年人又蹦又跳，乐此不疲。

他开始变得特立独行。他一个人在街上又跳又唱，一个人在大树下思考，一个人和城市里的乞丐聊天。身边的人渐渐对他表示不解。

有时，别人和他吵架，骂他骂得面红耳赤，可他居然还朝别人嘿嘿傻笑。那人再也骂不下去，反而有些自讨没趣地走了。有时，在快餐店里排队吃饭，或者在汽车站里排队买票，他都是站在最后一个。偶尔有人插队，他也不恼。有时候，他甚至笑眯眯地对他们说，你们排前边去，我不急。众人不知他葫芦里卖的是什么药，皆摇头。

其实，70 岁之前，他并不是这样一个人。他和常人一样，安分守己地工作，不在人多的地方喧哗，为一些小事和别人吵得面红耳赤，也会为了早点买到票而插队。

但是 70 岁时的一场意外彻底改变了他的想法。

那是一个平常的秋日。可是对他来说，却是生命中的一个劫数。他上六楼晾晒衣服，却因为脚下一滑而从六楼摔了下来。当时，他的脑子里只有一个想法，这回自己肯定死了。但意外的是，他居然没有死，只是两只腿受了重伤。

他在医院里待了好几个月，并且换上了假肢。出院后，他居然可以下地走路。虽然他走路一瘸一拐，但他已经无限满足。那一刻，年过七十的他，忽然老泪纵横。

他对老伴说，我没想到，我居然还可以像常人一样享受生活，这真是上天给我的恩赐。也就是从那时起，他的思想观念有了前所未有的转变。

他一直觉得，医院出来之后的那些日子，是上天多赐给他的恩惠。所以，他觉得异常满足。他不再顾忌一些世俗的眼光，不再与人吵架，不再与人计较。他觉得，只有这样，他才对得起上天赐给他的生命。他用微笑回报着别人的愤怒，用宽大的胸怀包容着别人的自私。他觉得，上天已经给自己如此大的恩泽，自己又有什么理由不好好享受呢。

他组建的舞蹈队很快在当地知名起来。后来，他和他的舞蹈队上了当地的《我的春晚我做主》节目。他的开朗、宽容、与世无争，感动了现场的所有观众。

是啊，把每一天都当作上天给你的恩赐，那么，你还会与别人计较那么多吗？

给人生镀上金色的光芒

接到他的电话，说是叫我组织几个人，为他家乡的风景编一本故事集。他的语气里透着急切。个把小时后，我带着几位搞文学的朋友赶到他家。他正急匆匆地从山上回来，一见到我们就说："山上雾很大，那可太美了。"他给我们倒了茶，闲聊了一会儿便催我们快上山。

那确实是一个好地方，云蒸霞蔚，高山耸立，山间偶有奇石横出。他走在前头，一一给我们介绍，这是美人出浴，那是鱼鸟之欢，还有狮子岩。经他一说，这些景物还真惟妙惟肖起来。

我们从山脚走到山顶，发现一路居然畅通无阻，个别险恶处还铺设了栈道。他介绍，雨天无法干活的时候，自己就组织几位志同道合的人上山修路。他们与他一样，渴望家乡成为风景区，让更多人欣赏到家乡的美景。

为此，他经常往市旅游局跑，把一沓沓资料往局里送。他拍着胸脯告诉我，总有一天，家乡会成为风景区，家乡的人会尝到旅游带来的甜头。

我们在山上转了一圈后回到他家里。他给我看一本厚厚的装订本，封面上写着几个歪歪扭扭的字——雅堂风景故事集。雅堂是村名。翻开装订本，发现纸上写着的都是歪歪扭扭的圆珠笔字。见我读得仔细，他有些尴尬地说，这些都是自己在不干活的时候瞎编出来的。他只读过三年书，遇到不会写的字就翻字典。放在写字台上的字典已经被翻得掉了线。

吃过午饭后，他把我们送到村口，握着我的手说："拜托你们一定把故事集写出来，就算这里成不了风景区，后人也可以看到这些故事。"那一刻，他长满皱纹的、单纯的脸突然让我有流泪的冲动。

回去的车上，我的脑海里一次次回响着他跟我说过的话：我不知道何年何月才能让家乡成为风景区，也许永远没有机会，村人都说我傻，但我总觉得这样做着，事情就有盼头，每天早上起来就感觉倍儿有精神。

我想到一位同事。他家庭条件不好，每天守着淘宝网上的"聚划算"，希望在网上捞点便宜货。办公室的网络不顺畅，所以他每一次抢购都以失败而告终。但他并没有放弃，一到点就蹦到电脑前抢购。坚持了半年，他一无所获。有同事提醒他："别白费劲了。咱们办公室的网络太不顺畅。"他说："没关系，我试试手气，万一抢到呢？有盼头生活才有意思。"提醒他的这位同事无言以对。

那一刻，我被他的话所震撼。是的，生活要有盼头才有意思。我们不一定能实现理想，不一定能心想事成，但曾经的执着追逐足以丰盈我们的生命。有一天，我们回望人生时会发现，从前奔跑过的路，早已镀上金色的光芒。

你必须长成一棵树

多年前一个春日的周末，年幼的我闲来无事，便在池塘边捉起了青蛙。外公对我说：“你这么无聊不如栽棵树吧。”栽树？我的兴致忽然被调动起来，便跑回家，拿来一株树苗。

我瞥见远处的一处悬崖，便有了把树栽在崖边的恶作剧想法。我挖了个小小的坑，放下树苗，埋上泥土，人生中的第一次栽树就这样完成了。当时，我只把栽树当成消遣时间的游戏，并没指望树苗成长。

几天后，我慢慢淡忘了栽树的事，此后也没再想起。

大学毕业后，我参加了一次事业单位的招聘考试。报考的岗位竞争对手很多，录取名额却只有一个。我自认为专业知识过硬，便报了名。一路过关斩将，我与一位年纪相仿的年轻人入围面试。他虽然笔试成绩位列第二，却与我的分数相去甚远。有朋友说，他如果要在综合成绩上超过我，必须得在面试成绩上高出我40分。

面试那天，我表现不错，状态极佳。面试完毕，我自信满满地走出考场。对这次面试，我自感胜利在望。然而迎接我的却是一盆冷水。我竞争对手的面试成绩居然比我高出40多分！对我来说，这无疑是晴天霹雳。我头重脚轻地走回家，颓丧到几乎想流泪。

在家里待了几天后，我依旧萎靡不振，有天，在外公家吃饭时，他问起我考试的情况，我回答："贫瘠的土地上是长不成参天大树的。"外公放下筷子说："这我不同意，你还记得当年被你栽在崖边的树吗？它现在已经长成参天大树了。"

我不禁愕然。许多年过去，我已完全忘却当年栽下的树，可它却已经长得枝繁叶茂。在光秃秃的崖边，如巨大的雨伞般屹立着。没有人给它施肥、浇水，太阳与雨水也没有给它特别的照顾。然而它却兀自成长，一直向上。

外公深深地看着我。我顿有所悟，原来悲观的始终是自己。成长终究是自己的事，哪怕面对的是一片悬崖，也应有长成参天大树的决心。

调一调生活的镜头

朋友介绍我一家面馆，说那里的炸肉面很好吃。我随即与他前往，一尝，味道果然不错。香脆的炸肉、爽滑筋道的面条，让我赞不绝口。

从此，那家面馆成为我频频光顾的地方。每次进门，便朝老板招呼："来一碗炸肉面。"久了，老板也知道我的口味了。我一进门，他就对厨师说："一碗炸肉面。"我会心一笑，很是感动于他的有心。

有一天，我照例去吃炸肉面，但老板无奈地告诉我，炸肉面已经没有了。我心有沮丧，转身想走出门。老板说："油渣面的味道也不错，要不你尝尝?"我本想拒绝，但转念一想还是听从了老板的话。

出乎意料，油渣面很好吃，脆而酥的油渣在我齿间留香，那味道不亚于炸肉面。我吃完后，老板问我味道怎样，我回答，之前不吃油渣面是一件遗憾的事。

从我住的地方到单位要经过一片闹市。早上，小商贩们的叫卖声不绝于耳。叫卖声交织在一起，让我感受到市井的鲜活气息。久了之后，我与一些商贩熟了起来，他们看到我，远远地就朝我打招呼。我通常会坐下来吃点东西，与他们聊聊天。

闹市旁边有一家小商店。老板四十出头，与我关系很好，每次我路过，他都会与我调侃两句。

每天早晨去上班，我都沉醉在市井生活的乐趣中不可自拔。

有一天，我刚走出房间便看到住我楼上的同事。他招呼我一起去上班。我刚要往闹市那边走，朋友便叫住我说：“今天我带你走另一条路。”

那是稍显偏远的一条路，两旁都是绿茵茵的树木，树上站着许多鸟。我和朋友走在小路上，耳朵里灌满鸟鸣声。早起的人们弓着腰在田间劳作，炊烟从屋顶袅袅升起。这条路带给我的感觉与我常走的那条截然不同。朋友问我感觉怎么样，我除了狠狠点头，几乎无法表达内心的欣喜。其实我知道这条路，只是一直没有走过。

有时候，我们就是这样，把一种选择慢慢变成习惯，从而感受不到生活给予的惊喜。调一调生活的镜头，进入我们眼帘的就是一个全新的世界。

修剪友情之树

周末，一位学生在QQ上向我吐露心事。事情很简单，无非是青春期里一些司空见惯的事。她喜欢上了班里的一位男生，心湖泛起圈圈涟漪。年少的心事无处诉说，她欲与死党倾诉，又吞吞吐吐有些羞赧。死党鼓励她，有心事就要说出来，既然是好朋友就要坦诚相待。在死党的鼓励下，她终于把心事和盘托出。

没想到死党把她的秘密与全班共享了。一时间，全班都知道了她的心事。她六神无主，羞得整天低着头，不敢与任何人交流。那些天，她觉得世界突然间狭窄了，落在身上的眼光仿佛都充满嘲讽，她只能缩在自己的世界里。

当然，她对死党恨之入骨，没想到自己的信任换来的却是背叛。

青春里，谁没有经历过这样的事？

上大学时，我的一位好朋友看上了一款漂亮的手机。他对手机念念不忘，到了茶饭不思的地步。最后，他说很想得到那款手机，问我能不能借他一百元钱，并说第二个月一定还我。当时我每月的生活费是四百元，但为了满足他的心愿，毅然借给他一百元。过几天，他又来找我，说只欠一百元就能买到手机了，叫我一定要再想想办法。我拒绝了，因为我无法把生活费从四百元缩减到两百元。他看着我，说：“你能不能先到同学那里借一百元，下个月我一定还。我父母说了，下个月要给我加生活费，我肯定有钱还的。”我禁不住他的软磨硬泡，向室友借了一百元钱。

第二个月，我打电话催他还钱，他室友说他不在寝室，叫我晚上再打过去。到了晚上，我给他打电话，他室友说他在洗澡，洗完就打回来。我于是在电话机旁等待，过了一个多小时，电话始终没有响起。我忍不住再次打电话，可听筒里除了忙音一无所有。潜意识告诉我，他把电话线拔掉了。

我连续打了几次电话，朋友无一例外都“不在寝室”。那个周末，我决定到他学校找他。很巧，我马上在校门口遇到了他。他不耐烦地说：“不就两百元钱吗，催什么?”我说：“你还我，我就不催了。”“没钱，过几天有钱了就还你。”

这句话被他用了无数回，“有钱了就还你”几乎成了他遇到我时的口头禅。我慢慢意识到，所谓“过几天”是永远都没有尽头的托词，便没再与他联系。

我一度恨他恨得咬牙切齿，后来慢慢发觉，两百元钱让我认清了他，从而避免了他给我带来更大的伤害，也许没有别的方式能让我这么快捷地认清一个人，不禁暗自庆幸。

从往事里跳出来，我对学生说：“这件事让你认清了她，你以后不会在她身上注入无谓的情感，这难道不比你一直傻乎乎地把她看成死党更值得庆幸吗?”她愣了片刻说：“您说得有道理，我确实通过这件事认清了她。”她发过来一连串大拇指，表示对我的认同。

前几天，一位朋友在微博上写道“从今天开始定期清理 QQ 好友”。问她原因，她说：“久了之后就发现有些人值得深交，有些人只能浅交，有些人根本不应该交。”

确实如此，友情是大浪淘沙后的硕果。我们总要经历一些事，才知道谁真心谁假意。友情之树有嫩叶，也有病叶，常常修剪才能越长越好。

善心如灯

那是个下着雨的黄昏，我从杭州赶到横店时已经华灯初上。我要乘过境横店的班车回家。我在候车点等候回家的车辆，却久久没有看到来车。我一手撑着伞，一手拉着行李，心情随着黑暗的降临而急迫。等了一个小时，我居然没看到一辆客运汽车过往。我向路人打听，他告诉我，客运汽车一个月前就不进城了，乘客要到明清宫苑景区候车。我傻眼了，拉起行李准备去打的。

“嘿，小伙子，果然是你，快上车。”我循声望去，一位年过六十的老太太正热情地向我打招呼。我茫然地四下望了望，确定她在跟我打招呼之后，缓缓走了过去。

“小伙子，你是回磐安的吧？快上车。”老太太几乎要伸出手拉我。我踌躇着，还是打开车门上了车。开车的是一位年过三十的青年，大约是她儿子。

我刚上车，老太太就给我递水果，不停地说：“吃水果，快吃。”

我不无疑惑地想，老太太会不会认错人了。

“小伙子，你可能已经不记得我了，可我却记得你哩。那次要不是你帮我拎鸟笼，我还真不知道该怎么办。”老太太开口说道。

我脑海中的迷雾终于散去，敢情她是我几个月前，帮忙拎过鸟笼的那位老太太。

那天我去菜场买菜，回家时看到一位举步维艰的老太太，她时不时停住脚步，唉声叹气地将铁鸟笼放在地上。我想，许是鸟笼太沉了，或是老太太手不方便。

我上前拎起鸟笼，准备送她回家。她客气了几句，自责地说："人老了不争气，不是这里痛就是那里痛，我想把鸟笼拎回家，但手一使劲就痛得举不起来。"

到家后，她一定要让我上楼坐坐，但我以要回家做饭为由拒绝了。

老太太说："你走后，我才想起来没问你名字，也不知道你住哪儿，不然怎么也得叫你吃顿饭。"

老太太有些感动地说："虽然后来没碰到过你，但心里一直记挂着哩。"我愧疚得不知说什么才好，我的举手之劳，哪里值得她这般劳心记挂。

2010 年夏天，我骑摩托车去见朋友。由于车速太快加路况不熟，我连人带车摔倒在沙石路上。石子嵌进我左手的手肘，右手掌也因磕到石头血流如注。我全身乏力，像经脉尽断的侠士。一位骑车路过的中年人见状，马上将我扶上他的车，带我去医院。那时已近黄昏，他本要赶去他朋友家吃饭，但为了我，他打电话回绝了。他像亲人般帮我跑这跑那，直到我朋友赶到医院。

他离开时我正在手术室，以致我不知道他是哪儿人，更不知道他的联系方式。我一直想感谢他，但苦于无法联络。我经常会想起他，想起那个傍晚，每念及此，心生温暖。若不是他帮忙，我不知会落到怎样的境地。我对他的情感，也许正如老太太对我的，尽管我付出的着实不足她如此记挂。

你我或许都曾温暖过他人，又或者曾被人温暖。善能焐暖尘心，也是我们跋涉岁月长河途中，永不泯灭的心灯。

在最重要的位置上生活着

从商场买来一条新牛仔裤，回家后才发现裤脚过长。要是在家里，我可以叫母亲随手解决这个问题，而眼下，这成为我心头的一大难题。从小到大，我几乎只有在小学的劳动技术课上碰过针线，更别说修裤脚这么棘手的事情了。看来，我只能求助裁缝师傅了。

这个城市不乏建筑师、设计师、造型师，然而却很难找到一个修补衣裤换拉链的裁缝师傅。在大街小巷上转了许久，终于看到“修补衣裤换拉链”的字样，心头顿时一热。虽然那是一个极小的店面，小得只能容下十来个人，但我依然有种雪中送炭的感觉。

我向她表明了意图，她便麻利地动起手来。她量了量我的身高，用粉笔在裤脚上画了标线，很快把裤脚的过长部分裁了下来。我还没看清楚怎么回事，她已把裤脚上了线，末了，她又拿电熨斗，给裤脚熨了熨边。一切都像刚从商场里买出来的样子。

我问她多少钱？她说三块。这是第二次，我觉得物超所值。因为就算你给我一百块，我也无法把事情做得这么妥帖。

这让我想起前段时间的一件事。我借了朋友的摩托车，车却在半路熄了火。之后，任凭我怎么捣鼓，摩托车再也无法启动。

我把车推进了不远处的一个修理店，一个与我年纪相仿的小伙子迎接了我。他支起车，转动钥匙点了几次火，很快就发现了端倪。他飞快地卸掉摩托车的坐垫，伸手往里探了探，说，火花塞掉出来了。说完，他顺手把火花塞往里一按，又固定了一下，摩托车便恢复了往日的神气。

于我而言，他解决了我的一件大事。他却只收了我两元钱。

这个社会就像一部机器，有内核，有外壳，有大部件、小部件，还有细微的螺丝。然而，机器中的每一部分都显得那么重要。你无法让内核取代零件的位置，更无法舍弃机器上的螺丝。建筑师、设计师、造型师、裁缝师傅、修车师傅、三轮车夫、道路清洁工，等等，每一个人，都在这世界最最重要的位置上生活着。

寻找另一波汹涌

我们村的后山有块巨大的岩石，岩石的上方绿树成荫，那里成了我们年少时期的乐园。

上中学的时候，我们爱极了谢霆锋的《因为爱，所以爱》。劲爆的旋律和谢霆锋帅气的脸庞马上俘虏了我们的心。

于是，在很多个午后，我们在那块巨大的岩石上嘶吼。我们一边在脑海里搜索谢霆锋唱歌的样子，一边疯狂地甩着自己的头发。

我们觉得不够过瘾。于是小 A 从家里带了一把扫帚，他一边嘶吼《因为爱，所以爱》一边疯狂地拨弄着扫帚，俨然已经把扫帚当成了吉他。他唱得忘乎所以，我们则在一旁捂着肚子笑。

演唱完毕，小 A 开始和我们大谈理想，他拍了拍胸脯，说：“我终于有理想了，就是当一个歌星。”

从那天开始，我们的中午就再也没有闲下来过。小 A 总是一吃完午饭就背着扫帚来找我们。他站在高高的岩石上，拿着扫帚，从谢霆锋唱到任贤齐，又从任贤齐唱到小刚，几乎所有明星都被他模仿过了。仔细看来，他和谢霆锋长得还真有些像，他摇头狂吼的样子也确实有些味道。演唱完毕，他满头大汗。我们正要鼓掌，他却把扫帚一扔，说：“这天气真他奶奶的热。”说完，拿起身旁的矿泉水往身上猛灌。他说："歌星开演唱会的时候都这样的。"不一会儿，他又把外套脱了，露出白嫩的皮肤。我们笑道："你不是越来越像明星了，而是越来越流氓了。"

那段时间，我们每个人好像都有了理想。阿翔说他的梦想是当个跑步冠军，拯救中国的径赛。

阿翔开始练习跑步。他到溪边拿来一些沙，做成沙袋，天天把沙袋挂在腿上。一到晚上，他就到村里的田埂上跑步。

也就是从那时开始，我的时间好像被分割了。中午陪小A唱歌，晚上陪阿翔跑步。闲下来的时候，他们问我："你的理想是什么?"我略一思忖，说："当个画家吧。"

几年后，小A考取了省城的一所师范学院，毕业后回到县里当了小学教师。他终究没有成为歌星，阿翔也没能成为奥运冠军，而我，也没有成为画家。

工作了许多年，我们愈来愈趋于平淡，就像一条河，越流越平坦，但是我们曾经汹涌过。年少时期的理想常常午夜梦回，但是，那到底是往事了。

一个周末，偶然碰到了久未逢面的小A。他说自己已经被评为高级教师，目前正准备进军教坛新秀。我拍拍他的肩膀，表示祝贺。他惆怅地说，年少时期的理想没能实现，但是生活中的我们终归还是要理想来支撑的。

原先我一直认为，只要曾经汹涌过就够了，现在才忽然发现，我们应该在平淡中寻找另一波汹涌。

当你得到的越来越多

农历二月份的时候，我和一帮朋友到安吉去挖笋。农历二月，南方的空气里，还带有早春的凛冽，然而运气好的话，已经能够碰到将要破土而出的竹笋。

不愧是“中国毛竹之乡”，目光所及之处，除了毛竹还是毛竹。

虽然从小生活在农村，但对于挖笋，我实在没什么经验。花了将近半个小时的时间，却一无所获。吉安的朋友告诉我，到竹叶比较浓密的竹子下面去找，或者照着凸起的地面挖。我照做，结果却依然是一无所获。

我索性按照自己的性子来，拿着小禾锄展开地毯式搜索。冷不丁，我的眼前冒出了一个笋尖。那一刻，我简直高兴得大叫起来。没想到，挖到一棵笋也能带给我这么大的惊喜，那感觉不亚于中奖。

遗憾的是此后一个小时的时间里，我再也没有挖到第二棵。不过，第一棵笋带给我的激动还远远没有消退。

不久，我挖到了第二棵，我小心地扒开竹笋周围的泥土，一切都像对待一个初生的婴儿般小心谨慎。两棵笋，足足让我高兴了半天。

那个下午，我总共挖到三棵笋，然而内心的激动却远非如此。

后来，农历三月中旬，又一个朋友叫我去挖笋。那时，惊蛰已过，在春雨的滋润下，春笋已经蓬勃生长。走入竹林，竹笋林立。我不需要细细寻找，笋尖便赫然入目。这棵没挖完，那棵已闯入我的视线，那棵没挖完，另一棵又被发现了。

一个下午过去，我的蛇皮袋被装得满满的。那天，大家都颇有收获。

回来的车上，我不禁想起第一次挖笋的情景。看了看脚边的蛇皮袋，我不禁黯然。这么多的笋带给我的激动，居然远远抵不上二月份时的三棵笋。当你得到的越来越多，越来越频繁的时候，你的惊喜和激动便越来越少。这世上的诸多事情，又何尝不是如此?

随遇而安是一种胸怀

随遇而安。第一次看到这个词的时候，我想到了窗棂上的那棵小草。我不知道它从哪里来，也不知道它为何会来这里。我发现它的时候，它已经露出小片小小的嫩芽。阳光下，两片嫩芽显得虎虎有生气。那种翠绿的颜色让我突然感到生命的气息。随着天气不断地变热，我不禁担心起来，它迟早还是要枯萎的吧。没想到我的担忧恰恰是多余的。它不仅没有萎缩，反而越来越有生命力了。它的根须已经扎入窗棂的泥土里，它的叶子越来越肥，就像一个虎头虎脑的娃娃。看着它，我是欣喜的。

出乎意料，它扛过了烈日，躲过了风雨，一直走到了秋天。到深秋的时候，它才悄然枯萎。这已是生命的奇迹，那一刻，我忽然感受到，原来这就是随遇而安，这是一种强大的生存能力，没有抱怨，没有自暴自弃，有的，只是向上的勇气。

曾经，我十分喜欢去单位附近的一家餐馆吃饭。我喜欢那里口味浓重的特色菜，也喜欢那里典雅的环境。餐馆是两个人合开的，一个重庆人，一个安徽人。和我比较熟识的是重庆人。有一次，他忽然对我说，这家店开不下去了，因为和安徽人有了分歧。他说，他决定把餐馆让给安徽人。我说，那你怎么办？他一脸坦然地说，我在别家再开一间嘛，先回家过个年再说，过了年回来再开一家。那一刻，我突然想到，这就是随遇而安。没有过分沉溺在往事里，拿得起，放得下。

我遇到过一个民企的老板，听说他是白手起家。没事的时候，我常常和他聊天。他说，他想在这个城市买座房子，然后把老家的父母接过来住。我颇为诧异，为什么不回家买套房子，不是说落叶归根嘛。他笑了笑，哪里不是家呀，出门漂泊太久，早就已四海为家了。我再一次感觉到一种坦荡的胸怀，说白了，家已经在他心里，随遇而安。

同事说，随遇而安不就是一种安逸、不思进取的状态吗？我说，你错了，随遇而安是一种拿得起放得下、在哪里跌倒就在哪里爬起来的坚韧不拔的人生状态，是一种坦荡的胸怀。

缩小幸福的目标

那是一个平淡无奇的午后，然而对于我来说却非常幸福。吃午饭之前，天气尚好，云朵飘移，阳光明媚。然而，仅仅是埋头吃了一顿饭，天气却骤然大变。春末的天气果然如同孩子的脸，说变就变。

乌云压境，一场大雨即将来临。出门上班的时候，我带了一把伞，因为即将而来的降雨已是显而易见的事。

果然，在上班的途中，大雨突然降临。街上有许多行人，但在我视野之内，极少有拿雨伞的。春末的雨来得猛烈，只是眨眼工夫便扯天扯地地下开来。那些行人，夹着公文包的，骑着电瓶车的，抱着小孩子的，无不手忙脚乱地陷入大雨里。他们步履匆匆，满脸狼狈，有的找了临街的屋檐，有的躲进了邮政亭，还有的仓皇奔跑。而此刻的我，因为带了雨伞，步调从容，有恃无恐。

有时幸福那么简单，需要的仅仅是一把雨伞。

我上大学的时候，我的父母还住在乡下。每逢寒假或者暑假，回家或回校，我总要一大早就出发。那时，老家往县城的班车只有两辆，错过一辆，你就得等一个小时，如果人太多坐不上，那你只能再等一个小时。所以，那时的坐车总像打仗。

每次去坐车，我都觉得如临大敌。一群人，踮着脚，像是随时准备发射。然而，车总是姗姗来迟。车还未停稳，人们已经蜂拥而上。所幸我个子小巧，每次都能占到位置。每回坐上车的时候，我总有种莫名的欣喜。多年之后，我才知道，这种感觉叫幸福。当我可以舒服地靠在靠背上，可以安静地观赏路边的风景，当我想着很快就可以回到家，或者回到学校。那时候觉得，幸福如此简单，需要的仅仅是一个位置。

曾经，我和一个得过胃癌的人聊天。他说，刚得到消息的时候，那感觉就是晴天霹雳。他从来没有想到，拥有一个健康的身体会成为一种奢望。直到躺在病床上，他才发觉，自己从前的每一天都充满着此刻所期待的幸福。遗憾的是之前的每一天，自己都没觉得幸福。

他进行了手术，医生说成功的可能性很大。出院的那天，他的心情前所未有地开怀。他觉得自己得到了重生。那一天，他的每个脚步都充满幸福。他说，只有失而复得的东西，人们才懂得珍惜。

很多时候，我们总在抱怨自己的不幸福。房子不够大，车子不够好，钱赚得不够多，人长得不够漂亮。那么，请你把幸福的目标稍微缩小点儿，比如雨中的一把伞，比如人潮汹涌中的一个座位，比如拥有一个健康的体魄。用那些小小的幸福去填充每一天，你会觉得，原来自己如此幸福。

生活是一面镜子

周末，借了朋友的摩托车，却在半路爆胎了。幸好，不远处就有一家修理店。我费劲地把车推到了修理店，老板马上笑眯眯地迎了出来。他像个老朋友似的给我递烟，然后又和我拉起家常，让我觉得很温暖。

坐下来后我才发现，原来等着修车的人很多，老板却先帮我修了，还让旁边的修理工给我倒了一杯水。纳闷之余，我不禁有些感动。

车修好了，老板坐上车骑了一通，直到确定没事了才把车交给我，说："你慢点骑。"这时我才想起来，我还没有付钱。老板却说："不用了，您上次已经付过了。"

我上次已经付过了？

他说："我知道你不是车主，但是他真的已经付过钱了。"

回到朋友家，我和他说起了这件事。

朋友问我，是不是阿翔修理店？

我说是的。

朋友说那是上个月的事了。当时摩托车排气管的螺丝松了，摩托车跑起路来就啪啪响。他骑到阿翔修理店，阿翔三两下就修好了。朋友付钱，阿翔却坚决不肯收，说这只是举手之劳。最后，朋友硬是把钱塞给了阿翔，说：

“虽然对你来说是举手之劳，但对我来说却是解决了一个大问题，这钱是定然要给的。”说完，朋友就骑车走了。

看来，阿翔是记住朋友的车牌号了。原来，他一直记挂着这份温暖。

说到这里，我和朋友都有些动容。很多时候，生活就像一面镜子，你总能在人群中找到你曾经付出过的东西。

向蜜蜂学习什么

我有一个养蜂的朋友，他在半山腰搭了几间蜂房，常年与蜂为伴。每年，我总要去看他几次。

这次我去看他的时候，他正在取蜜。他戴着纱帽，穿着长一截的衣服和裤子，样子十分滑稽。他边和我聊天，边伸手到蜂窝里取蜜。

大约个把小时后，他把该取的蜂蜜都取完了。取蜂蜜是件残忍的事，往往要把蜜蜂的巢室用刀割下来，然后用纱袋将蜂蜜过滤出来。

朋友把蜂蜜全过滤下来，称了称，居然有十来斤。他建议我尝一口。我伸手往蜂蜜里一蘸，然后将手指放到嘴里，那种鲜美的甜味让我有种前所未有的悸动。

虽然朋友养蜂，但是我还从来没有吃过土蜂蜜。这次开口一尝，居然有种上瘾的感觉。

朋友给我泡了杯蜂蜜茶，并跟我娓娓讲起蜜蜂采蜜的过程。

蜜蜂采集花蜜是一项十分辛苦的工作，它采 1100~1446 朵花才能获得一蜜囊花蜜。一蜜囊蜂蜜何其微小，甚至几只蚂蚁几口就能够吃完。在流蜜期间，一只蜜蜂平均每天采集 10 次，每次载蜜量为其体重的一半。

令人心酸的是，蜜蜂的寿命只有短短三四个月，穷其一生，蜜蜂能为人类提供的蜂蜜大约只有 0.6 克。

我不禁哑然，没想到蜂蜜来得如此艰难、如此不易。我杯中喝的，已是数百只蜜蜂的毕生之作了吧。

朋友接着说，花蜜被蜜蜂吸进蜜囊后，要经过反复酿制，要扇动翅膀来降低温度，直至蜂蜜完全成熟为止。你趴到蜂房旁边就能听到蜂巢里传来的一阵阵扑翅声。夏天，如果不是全体蜜蜂用柔弱的翅膀来给蜂蜜降温，蜂蜜是根本无法形成的。

我瞬间感动起来。我从来没想到，蜂蜜来得如此艰难，整个过程可以说得上是“提炼”。所谓慢工出细活，大抵就是如此了吧。不对，我必须得加一句，细活出精品。

喝完茶的时候，我已经感动得一塌糊涂。在这个急于求成、喧哗浮躁的社会里，我们应该向蜜蜂好好学习。

向一条蚯蚓忏悔

一次，和朋友去云南旅行。时值冬天，田里有许多农民在翻土。很远的时候，我们便已听到田里传来的念叨声。朋友深感纳闷，为什么翻土还要念念有词。

再近些，念叨声清晰可闻。细听之下，才发觉农人口中念的是咒语。朋友走进农田，拉住一个农民问，为什么你们在翻土的时候还要念咒语啊？

农民笑而不答。不久，他从土里翻出一条蚯蚓。因为农民用力过猛，蚯蚓早已一分为二。见此情景，农民不禁黯然，他忙不迭地念起刚才的咒语。

农民笑着问朋友，现在你该明白了吧。

朋友摇摇头，表示不解。

农民说，我们翻地的时候，总会残害一些无辜的生命。我们念咒语，是希望得到土地神的宽恕，以保我们的庄稼来年丰收。

我和朋友惊愕不已。

为一个在翻土时无意被害的生灵忏悔，这对我们来说，是多么遥远而罕见的事情。然而那个冬日的下午，我却被那里的农民深深地感动了。

对一个小生灵的忏悔，便是对生命最大的敬重。

植一株小草于心间

下班回家的时候，无意间看到了墙头的草。我立刻惊叹于它的自强和坚韧。于草来说，这应该是最恶劣的环境了吧。砖头墙的中间，上不着天，下不着地，没有及时的雨水，更没有丰厚的土壤。唯一赖以生存的，就是砖头缝里的那一丁点泥土。而它，没有萎靡，也没有抱怨，鲜嫩的叶子正昭示着它蓬勃的生命力。

后来，观察那株小草成为我生活中必不可少的事儿。

有一次，因为一个小小的差错，我被主管狠狠地批评了一顿。那天，心情极为黑暗，眼泪随时都有掉下来的冲动。

下班回家的时候，我照例在墙角观察起了那棵小草。它一如既往地展示着动人的生命力，与平日并无二样。有那么一瞬间，我被小草感动了。这是一种多么坦然的心境啊，不以物喜，不以己悲，我们都没法做到，可是它做到了。毒辣的阳光、猛烈的暴雨、强劲的阵风……当它们次第在小草身上经过的时候，小草没有妥协，更没有自暴自弃，只是默默地绽放着自己的色彩。

这么想着的时候，我的心里顿时舒坦了许多。相对于小草，我的处境显然优越了许多，我又有什么理由不比它更坚强呢？

秋天的时候，小草终究枯萎了。而我，并没有悲伤，因为我已经把它植于我的心间。

现在的社会，工作忙碌，生活节奏快，人际关系复杂，而我们，正需要这样一棵草，来提醒我们要自立、要坚强、要拼搏！

假如生活是一块坚冰

对她最初的印象，源自她的博客，界面阳光倾泻，树影斑驳。字体是窈窕的楷体，每一篇博文都配了精美的图片。她给自己的文字都分了类，给每一类文章都取了温暖的名字。她回复每一句评论，每一句留言，又或者，回访每一个好友。心想，这样的女子肯定细腻而温暖，能够这么用心地打点自己的博客，自然也能用心地打理自己的生活吧。于是，在一个午后发了她的纸条。她很快加了我 QQ，开始和我有一搭没一搭地聊起天来。

如我所想，她果然是一个精致细腻的女人，还带了点小调皮，聊天的时候喜欢发很多表情，喜欢用很多网络词。和这样的同龄人聊天，真是快活。

也是后来才知道，原来我们是同乡，于是，字里行间不免又多了一点乡情。

10 月的时候，她对我说，有事要回家一趟，有机会的话可以见上一面。

那是一个秋天的下午，阳光颇为明媚。她打了我电话，约我在一个咖啡厅里见面。她并没有我想象中那么年轻，但是笑容很甜，眼神很清澈。她的声音有一种时光沉淀之后的淡定。

要不是那个下午，我永远无法知道，她的平静下面蕴藏着如此巨大的波澜。她说，去年差不多也是这个时候，他跟我提出离婚，原因很简单，就是爱上了比自己更年轻、更漂亮的姑娘。她说这话的时候脸上并没有多少悲伤，可以想象，时光已经沉淀了她的伤痕。

其实我没有多少朋友，从结婚以后就一直这样，她终于开始伤感起来，今天我可能话有点多了，请你别介意。

她说，现在最放心不下的就是儿子，儿子学习成绩挺好的，各方面表现也不错。她不想让儿子过早地步入阴影，所以每次回家都说，爸爸正在忙呢，没工夫回来。每次回家，她都兴高采烈地陪儿子去买衣服、逛公园、看电影……她一个人承担着伤痛，并把它在心底里无限量地缩小。她说，我的人生已经有些不幸，我只能假装我的生活还很幸福，至少让别人看起来我们一家还是挺幸福的。

儿子终归是要知道的吧？我问。

她愣了一下说，真相或许不可避免，但我能做的就是尽量让真相的来临不那么赤裸、不那么尖锐。

过了几个小时，她说，我得走了，我母亲因为我的事忧郁成疾，这两天已经住到医院里了。我这次回来，就是陪她看病的。她的眼眶里有泪光在闪动，她说，谢谢你听我唠叨这么久。我拿出纸巾递给她的时候她说，我流泪并不是因为我脆弱。

我目送她离去，她的背影成为我最坚强的记忆。她说，就算生活是一块坚冰，我也会用我的热情将它融化。这是我听到的，最坚强的语言。

再往前一步

那天，一个多年未见的好友忽然从QQ里冒出来。我们寒暄了一番后，开始互生思念。我们是儿时伙伴，小学毕业后便没有再见面。即便是QQ号，也是通过别人口中得知的。他提议要看看我的照片，我说空间里有许多，尽管看便是。

过了许久，我也动起要看看他照片的念头。然而我进了他空间发现十个相册里面有八个是风景照，只有两个相册是他个人的照片。但一看，发现两个相册都加了密，于是便向他索取密码。

他一脸惊讶地说，我没加密啊，你再看看吧。

我又进了他空间，我仔细地看了许久，这明明是加密了呀。

我再次向他索取密码。他不好意思地说，我确实已经不记得密码了，要不你先点进去看看我设置了什么问题。

我点开相册一看，发现他设置的问题居然是“我叫什么名字”。我没想到居然是这么简单的问题，我轻而易举地就进了相册。看完了那个相册之后，我打算去看另一个。没想到问题同样简单——“我是男的还是女的？”我再次轻而易举地进了相册。

我不由得沮丧起来。为什么我一看到相册是加密的就向他索取密码？我甚至没有点击相册去看看他设置的问题。

这让我想起小时候的一件事。

我记得那是我 8 岁时的冬天。那天天气不好，天空下着大雨。我的母亲让我到村尾叫舅舅来吃晚饭。我舅舅居住的弄堂特别黑，我一走到弄堂口，心就开始怦怦乱跳。我打着手电筒，心惊胆战地摸到舅舅家门口。门是锁着的！我拔腿便往家里跑。

母亲问我，有没有叫舅舅来吃晚饭？

我说，舅舅家没人，门是锁着的。

母亲有些不满地看了我一眼说，怎么会没人，这么冷的天，他能去哪儿呢，你跟我来。她一把拎起我，走入雨中。

我再次来到舅舅所居住的弄堂。门是锁着的，我暗自庆幸。母亲喊了一声，舅舅的声音马上从屋子里传了出来。母亲骂了我一声说，这叫没人吗？门锁着你不可以叫一声啊？

原来，舅舅嫌天气太冷，把门关起来取暖了。

多年后的今天，我忽然明白母亲为什么要骂我。许多时候，我们一看到前方的困难便选择退缩，哪怕前方的困难形同虚设、稍纵即逝。

别轻易忽略他人的梦想

我见过很多这样的人，按部就班，兢兢业业，却面无表情，没有梦想。他们安于现状，身上的锐气逐渐消失在日复一日的生活里。

他就是这样的人。那时，我们一起在培训班上课。他很认真地备课、上课，然后又很仔细地批改作业。有时，他还很勤快地拿起扫帚打扫卫生。

而这些，是在我身上从未发生过的事。我的梦想是当画家。这里，不过是我的停靠站。所以我把大把的时间给了漫画，总想着有一天，书店里会有我的漫画书。

我的梦想遭到了一次又一次的摧残。在历经了数次退稿后，我终于情绪低落。那个晚上，我叫上他一起去喝酒。酒后，我问他，你有梦想吗？

有！他坚定地点了点头说，我的梦想就是开一家家政公司，所以我每天都在学习老板的管理策略，每天都在努力地积累经验。

我醉眼蒙眬，很是无地自容。

有一年正月，我和我叔叔一起吃饭。我问他，今年你准备到哪里上班？他懒懒地答道，老地方呗，还是做装潢。

屈指数来，叔叔做装潢也有十来年了，一直在同一家公司。从原来的打工仔，到现在的主任，也算是升了官。但我总觉得凭叔叔的聪明才智，应该不止这样。

有没有想过要换个行业，或者换家公司？我问道。

行业啊，换不了啦。公司嘛……明年，我准备自己拉几个人单独做，有可能的话就不去那家公司了。

行啊，我朝他竖起了大拇指，心里却又惭愧起来。

为什么老是很轻易地就忽略了一个人的梦想？我问自己。

还有一次，我在车站等车。一个清洁工刚好扫完地在休息，我就和他攀谈了起来。到后来，我问他，你有没有想过有一天不干这个？有有有，他连连点头。顿了顿，他有些不好意思地说，其实最希望的是自己能买辆拖拉机，把附近几个村庄的垃圾都承包过来。

我不禁肃然起敬。

其实，人人都有梦想的吧，只不过梦想有高有低，有些人实现了，有些人未能实现。庸碌的人不代表他没有梦想，也许是梦想太高，或者被他藏得太深。而作为旁人的我们，在没有真正了解他们之前，千万别忽略了他们心中的梦想。

不妨宽容，不妨豁达

那时，我在一家企业从事文化宣传工作。我的上司是一个五十开外的老头，姓李，大家都叫他李总。听同事说，他是中学教师，还没到退休年龄便办了内退手续，因发过不少文章而被招到企业负责宣传工作。几年过去，他已被提升为宣传总监。

第一天上班，我便感到他的严厉与刻薄。他坐在办公椅上，跷着二郎腿对我说，你以后老实点，踏踏实实地干，千万别偷懒，耍小聪明，不然我随时可以请你走人。从他的办公室出来，我的脚步沉重得如同铅块。

进公司不久，我便负责起内刊的编辑工作。有一天，一个客户要求在报纸上发个广告，他和我简单交代了事宜，付了广告费就走了。但我没想到他付给我的是假钱。李总从办公椅上站起来，指着我的鼻子说，你这是什么意思，你要知道这是犯法的，你没钱可以向我开口，但不要用这么下三烂的手段吧？我突然如遭五雷轰顶，浑身僵硬，原来他怀疑我故意使用假钱。我说，这钱是客户给的，我不知道这是假钱。

他并没有给我解释的机会，瞪着我说，以后如果再这样，请你马上走人，要知道你离开这里就得重新找工作了，而我就算不工作还可以领退休工资。

那一刻，我的心里忽然堵得难受。30 多岁的我，禁不住泪流满面。

此后，我谨慎地对待任何工作，一年下来，几乎没有出过任何乱子。纵然如此，我依旧诚惶诚恐，因为他从来不会给员工好脸色，纵然打招呼聊家常，他也从不会放下领导的架子。

几个月后的一段时间，李总忽然连续几日没来上班。听同事说，他生病了。许多天过去，李总还是没来上班，直到新总监出现。

一个月后的一天，办公室的同事对我说，李总恐怕不久于人世了。我心里一怔，决定抽空去医院看看他。

我眼前的李总形容枯槁，面黄肌瘦，已完全没有往日的神采。他握着我的手，嘴角扯出一丝笑容。他始终没有说话，只是一直紧紧地握着我的手。

几天后，我听到李总的死讯，我的心里忽然堵得慌。

我对李总已完全没有任何恨意。我终于明白，在浩瀚的时空里，能彼此相遇便已够幸运，我们不妨宽容，不妨豁达，因为人与人之间的芥蒂与私怨，在时间与生命面前，都渺小得如同大海中的浪花。

初入职场的静默

大学毕业后，他去了一家企业报。踌躇满志的他，在正式上班的头一天就已经开始构思美好的未来。想着以后背着包穿行在大大小小的企业里，与不同的企业家打交道，然后写出一系列重量级的报道，他的心里就莫名地激动。他俨然已经把自己想象成一个资历颇深的记者。

怀着这样的壮志，他走进了报社。然而一个星期下来，总编不是叫他看上一年的合订本，就是给他看企业的发展史，这让他有些不解。眼看同事们一个个深入企业采访，而自己却坐在办公室里日日苦读，他不禁心浮气躁。

一周后，他壮着胆子，央求总编给他派采访任务。没想到总编摆摆手道："你先看上一年的合订本和企业的发展史，不要急。"他沮丧地回到办公室，但心却怎么也静不下来。

两周后，总编开始给他派采访任务了，他的心情不言而喻。他没想到，企业给他的资料少得可怜，那些专业术语更是让他一头雾水。回报社后，他东拉西扯，绞尽脑汁，不过写了四五百字。他战战兢兢地把稿子交到总编手里。总编笑眯眯地对他说："作为头条文章，千把字是不能少的，你可以整合以前的资料，再结合该企业近几年的发展。"

就在他要起身的时候，总编意味深长地告诉他："小伙子，你对企业还不够了解啊，现在知道我让你看合订本和企业资料的原因了吧?”

他这才静下心，开始细细琢磨合订本和企业发展资料。过了几个星期，他已对企业的发展、企业文化、企业结构了如指掌，写起文章来自然也得心应手了。

这让我想起年少时看过的一部电影。剧中的他，是个武术狂热分子。他一心想学武艺，经人介绍后，只身前往少林寺。到少林寺后，他马上向方丈表达了自己对武术的热爱，并请求方丈马上教他武术。方丈对此不置可否，只让他每天挑水洗衣。

他不明白，为什么方丈只叫他挑水洗衣而不教他武术，难道自己是来当苦力的吗？当他这样跟方丈说的时候，方丈依然不置可否。如此坚持了个把月，他终于有些忍无可忍。又过了些天，方丈同意教他武术了，这让他喜出望外。

后来，他练成了绝世武艺。直到那时，他才明白，之前所做的一切都是练武术不可缺少的铺垫。

初入职场的人总是充满雄心壮志，急于施展拳脚，殊不知，初入职场的每一段静默，都是一次无声的储蓄。只有积蓄力量，拉满弓，才能让手中的箭射得更远。

等待盛开

黑夜还没有完全散尽，蝉声却已经起程。在深深浅浅的光线里，蝉鸣如丝如缕。那细细的声线，穿过了无数的树木，透过无数的枝叶，缓缓到达我的耳边。

随即，天空越发明亮，蝉鸣也愈加浓烈。细细的声线逐渐变粗，直到后来，蝉鸣如火如荼。那时，满世界都是蝉鸣。我能感受到树叶上滚滚流下的蝉鸣，树林里乱飞乱窜的蝉鸣，还有田地里交织成一片的蝉鸣。

信步来到林间，蝉鸣如同细密的网，从头顶准确地覆盖下来，又如同一双温柔的手，把我缓缓地托起，然后慢慢地放下。

蝉是夏天的精灵，只有它，才能担负起这个季节的责任。“六月初七日，江头蝉始鸣。石楠深叶里，薄暮两三声。”想来，白居易也是对蝉情有独钟的人。

蝉鸣曾经感动过无数的文人墨客，他们的笔下都出现过蝉的身影。“本以高难饱，徒劳恨费声。五更疏欲断，一树碧无情。”（李商隐）一直都觉得，没有比蝉更尽职的歌者了。草丛中，树林里，田野上，不分场合，不分时间，一直歌唱，撕心裂肺。

想来，蝉的生存时间屈指可数。可是，它们从来没有悲观沮丧。它们的歌声从来不会为此而绝望，也不会为此而苍凉。穷其一生，它们一直在歌唱，却从来不去担心自己即将寿终的生命。这不是真正的歌者，又是什么?

它们用一两年甚至两三年的时间，去积蓄二三十天的歌唱。我们很难想象，它们度过了怎样的黑暗与寂寞。那些地底下的时光，便是它们最初的歌唱。

后来，它们终于破土而出。于是，它们起早贪黑，时时歌唱。难以想象，如果没有了蝉鸣，那该是多么夏不像夏。

蝉鸣如禅鸣，只要能鲜艳地盛开，那么，所有的等待和付出都是值得的。

跌倒在平地上

我小时候，父亲给我讲过两个故事，巧得很，都和车有关，一个和自行车有关，一个和汽车有关。

以前，我们那里很少有自行车，当然会骑自行车的人就少。他是我们村最早拥有自行车，也是最早会骑自行车的人。他的骑车技术十分高超，可以单放手、双放手，可以骑车跳过一条不是很宽的沟，还可以让车像猴子一样立起来，并且长时间不落地。以上说的对他来说都只是小儿科。

他最惊人的绝活就是骑车过竹子。当时，我们那儿的人习惯把竹子镂空，横在两块田的中间，用来引水、灌溉田地。

他常常骑着自行车，通过竹子，从这一块田骑到另一块田。竹子的宽度不过10厘米，他却镇定自若，如履平地。倒是看的人常常替他捏一把汗，因为稍有不慎，就会连车带人跌入河中。

当时，他因为骑车技术的高超在我们县里大紫大红。他还参加过我们县的骑车比赛，并且得到了不少奖金。但是，没想到的是后来他竟然死于骑车。并且是在宽阔的马路上出事。

另一个故事同样和车有关。当时，我们那里刚做好机耕路。上了点年纪的人肯定知道那种坑坑洼洼、崎岖不平，绕着山盘旋的黄泥路。

机耕路做好不久，他就买了车，跑起了运输。崎岖坑洼的泥路，在他的手下似乎变成了宽阔的马路。他能准确地避开每一个大坑，使坐车的人不会颠簸。村里的人都说，他开车从容、安全，使人坐着舒服，很多晕车的人坐他的车就不会晕。

每一个转弯他都把握得很好。很多别人要倒车的转弯，他总能轻而易举地一次性通过。和前面骑自行车的人一样，他在当地也小有名气。在乡下开了十多年的车，他从来没有出过事故。

后来，县公交公司请他去开车。他拍拍胸脯说，我开了这么多年的山路，到县城开还不是小菜一碟。结果，他上班的第一天就出事故了。

我爸给我讲完这两个故事后，用一句话进行了概括：人容易跌倒在平地上。

绝知此“人”要躬行

某年初，我在一家大型公司上班。与我同办公室的老王，年过四十，头发稀疏，看上去慈眉善目。没过几天，我就听到关于他的传闻。

来公司之前，老王在小学里代课。后来，他的一名学生担任了公司的办公室主任，便打算引荐老王。因那名学生的引荐，老王很快成为公司的一员。老王是个认真刻苦的人，不久后被提拔为部门主管。他自认在公司站住了脚，便对那名学生不理不睬。

我没想到老王是这样的人，对他的印象大打折扣。此后，我有心与他拉开距离，除了工作上的交集外便鲜有交流。

有一次，公司安排全体员工出去旅游，把我与老王安排在同一个房间。晚上八点钟后，老王对我说：“小伙子，咱们出去喝点酒吧。”我忙摇头说：“我不会喝酒的。”他正色道：“前几天我还看到你与几位同事在喝酒呢。”我有些尴尬。他拍了拍我的肩膀说：“别这么拘谨，工作时我们要认真、谨慎，但既然出来旅游了就要轻松一点。”我没有回绝的余地，只能跟他出门。

他要了几瓶酒，点了几个菜，说了句“各自喝，我不太喜欢劝酒的”之后，便自顾自地喝了起来。不多久，几瓶酒下肚了。他又喝了几瓶酒，而后红着脖子对我说：“小伙子，人心隔肚皮啊。以前我在小学里代课，后来我的一位学生把我引荐到现在的公司……”

我心里一紧，不敢接话。

在他断断续续的讲述里，我终于知道了事情的原委。他的学生向公司引荐了他。他在公司落脚后，学生向他借钱。那时，他刚买了车，背着车贷，但还是从亲朋好友那里借了两万元钱给学生。一年多后，他给学生打电话，说能不能先还一部分，因为亲朋好友催得紧了。结果，学生在电话里大吼：“你现在的工作还是我给的呢，这点钱你也好意思来问我拿。”他愣了会儿，知道学生已经没有还钱的念想，于是便断绝了联系。没想到学生到处散布谣言，让他背上了“忘恩负义”的骂名。我不敢正视他的眼睛，只往肚子里灌酒。

少时，学过《小马过河》这篇童话，知道只有亲历才能知道水的深浅。其实，人与人之间也是如此，只有进入过他的内心，才能知道他游的为人。陆说：“纸上得来终觉浅，绝知此事要躬行。”我想说的是，他人观点总是偏，绝知此“人”要躬行。

另一种善良

那是小学里的一篇课文，说的是主人公和几位朋友到加拉巴哥岛旅游的事。他们登上岛的时候，正是傍晚。一只幼小的海龟正从洞穴里探头探脑地爬出来。它左顾右盼，似乎在探察敌情。然而，一只鸟很快发现了它。毫无疑问地，小海龟落入小鸟之口。他和几位朋友心生怜悯，便建议导游赶走小鸟。哪知导游若无其事地说，叼走就叼走呗。他和几位朋友立即谴责起导游的见死不救来。导游无奈，只好赶走小鸟。

不幸的事就此发生。此刻，一大群幼龟纷纷从洞穴里爬出来。它们无一例外地都落入小鸟之口。

原来，那只先出来的幼龟，是龟群的“侦察兵”，一旦遇到危险，便会返回龟巢。然而，那只幼龟被向导引向大海，巢中的幼龟得到错误信息，以为外面很安全，于是争先恐后地结伴而出。

那个傍晚，岛上的鸟都饱餐了一顿，并且发出了欢乐的叫声。

他和他的朋友们陷入深深的自责之中，如果没有他们，海龟根本不会有危险。

这让我联想到另一个旅行故事。

他和几个朋友结伴去沙漠旅行。一天早上，他看到一株植物旁蹲着一条蜥蜴。蜥蜴的眼睛直直地盯着植物上的水珠。他于心不忍，决定替蜥蜴抖落那颗露珠。但是，他的行为很快被同伴阻止。

同伴告诉他，蜥蜴必须自己等到那颗露珠，这样才能保证第二天的这个时候它还能等到这颗露珠。如果人为地抖落了露珠，破坏了露水形成的周期，蜥蜴很可能就会渴死。

曾经在一本儿童小说里看到这样一个故事。主人公在上体育课的时候，无意间看到一个同学掏了别人口袋里的钱。掏钱的同学顿时眼神慌乱，手足无措。主人公没有任何言语，只是朝那同学友善地笑了笑。

放学后，那位掏钱的同学找到主人公说，掏来的钱我已经还给人家了。主人公低头浅笑。

我们难以想象，当第二位游客抖落了露珠，当第三位主人公当场揭发了同学，后果会怎样。

在我们的定义里，善良应该是拔刀相助、见义勇为，殊不知，有时，旁观也是一种善良。

先倒入一杯水

小区门口有一家早餐店，那里的包子又香又软，十分爽口。每天早上，我总要到那里买两个菜包，一杯豆浆。然后边吃边慢慢往家里走。

今年，我照例去那里买早餐，发现居然没有涨价，其他的好多地方都涨价了。然而第二天去买的时候，老板少找了我一元钱。我问老板："是不是还得找我一元?"老板笑着："今年涨价了，豆浆涨了五毛，包子也涨了两毛五。"我心想，那他昨天不是少收钱了吗？于是，我对老板说了原委，并把一元钱补给了他。

哪想，老板也是个实在人，坚决不收这一元钱，说算了，这钱不收了。我推辞了许久，老板就是不肯收。最后，我把钱塞进抽屉里，拔腿往小区里跑去。

我上楼开门，才发现钥匙没了，大约是出门的时候，把钥匙落家里了。我想从窗户里爬进去，但是伸手一推，发现窗户锁住了。想向房东借梯子，却发现房东已经出门了。再看看后窗，已经装上防盗栏了。

在原地细细回忆起来，好像锁门的时候已经把钥匙带出去了，会不会把钥匙落在早餐店了。我一路小跑到早餐店，悲哀地发现早餐店居然关门了。平时从没见早餐店在上午关过门， 今天真是邪门了。

万般无奈之下，我只好回小区里想办法。眼下，只好去找上门开锁的人了。就在这时，我看到了早餐店的老板。他老远地就说：“总算找到你了，我差不多是一栋楼一栋楼找过来的。你的钥匙落在我那儿了。”我眼前一亮，接过老板手中的钥匙，心中的感激一言难尽。他居然从小区门口一直找到这里，这一栋一栋地找过来，差不多要花掉个把小时吧。

“你为了把钥匙送过来，把店门关了？”我不安地问道。

“呃，反正高峰期已经过了。”老板淡然一笑。

这让我更加不安起来。“这得错过多少客人啊。”我喃喃道。

“没什么大不了的，你这么真诚，让我不得不这么真诚。”说完，他转身向小区门口走去。

我目送他离去，居然一时忘了感谢。

人与人之间总是这样，一旦有人献出了真诚，他人总是会报以更大的真诚。人与人之间，也正因此而变得美好。这多像我少年时用过的手动提水机，只要你往空气阀水箱里倒入一罐水，就能从水龙头里摇出许多水。重要的是，你能先倒入那一罐水吗？

小小的善念

那是一个安静的冬日。平静的早晨忽然被一阵电话铃声惊扰。我接起电话，那头是陌生的男中音。老师，圣诞快乐，电话那头说。我忽然记起，今天是圣诞节了。我略带疑惑地说，你也快乐，请问您是……

哈哈，老师，不记得我了吧，我是林中宇呀。电话那头的声音有些调皮。

记忆忽然被拉长，我细细咀嚼林中宇三个字，脑海里依稀浮现出他当年的样子。

没等我回忆，电话那头又开口了，老师，今天中午有空吗？我刚好在你的城市，我们一起吃个饭吧。我说，好呀，我们也好多年没见了。

中午时分，我见到了林中宇。他的身材有些高大，我已经全然找不到他当年的影子。他亲切地和我握手，并请我进包厢入座。

与他一起的还有报社里的几个朋友。林中宇说，今天他是特意回来找家乡的一些贫困学生结对的。谈话中我才知道，林中宇已经是一家文化公司的老板。

林中宇敬了我一杯酒，感慨地说，老师，当年如果没有你的帮助，我也不会有今天。他一仰头，干了杯中酒。

当年，林中宇是我班里的学生。他读四年级的时候，母亲得病去世了。

对于年幼的林中宇来说，这无疑是晴天霹雳。由于受到太大的打击，他的父亲开始沉醉于赌桌、酒精、香烟。许多次来上课的时候，林中宇都满脸是伤。我知道，他父亲又把气撒在林中宇的身上了。那段时间，林中宇变得无比邋遢。他的衣服裤子永远是脏的，他的脚趾永远是露出鞋尖的。他的成绩很快从中上游降到了下游。他开始频繁地走神，开始频繁地沉默。我意识到，林中宇不能继续这样生活下去了。

我和他父亲商量，把林中宇寄宿在我家。我给他清洗了衣裤，给他买了双新鞋子，又给他补了补落下的知识点。

个把多月后，林中宇的情况终于有了好转。而他的父亲，显然也走过了低迷期，把林中宇接回了家。

后来，林中宇的成绩又回到了上游。再后来，林中宇小学毕业了。小学毕业后，林中宇的爸爸去南方的一个城市打工，把林中宇也带了去。在那个南方城市，他们一待就是十多年。

快吃完的时候，林中宇说，他一直惦记着家乡的孩子，他希望自己能给那些贫困孩子一些温暖。

吃完饭，他开车送我回家。许久，我收到一条林中宇的短信。他说，老师，这或许是我感谢你最好的方式。

我蓦然感动，当年我种下的仅仅是小小的善念，而今成长起来的却是一棵参天大树。

第二章

亮在我成长路上的灯笼

成长是个妥协的过程

小时候，最会和母亲拗劲的就是带雨伞的事儿。每次母亲让我带雨伞，我就把头摇得像拨浪鼓似的。我总觉得，带雨伞是大可不必的。假若下的是小雨，那么我完全可以在雨中奔跑；假若下的是中雨，那么我可以与同学拼一把伞；如果实在太大了，那么可以躲一躲。直到后来工作了，头发整齐了，腋窝下夹了个公文包了，才知道，雨伞是应该随身携带的。因为不会每时每刻都有人和你拼伞，有些雨不是躲一躲就能过去的。现在，无论晴阴，我的包里都安静地躺着一把雨伞。

读初中那会儿，我最喜欢听流行歌曲。而我父亲却始终坚持唱“路见不平一声吼啊”。每当这时，我就会说：“那是老掉牙啦，现在不流行这个了。”他却仍旧自唱自乐。而现在，当我唱着“谁在用琵琶弹奏一曲东风破”，我表弟就说：“那是许多年前的歌了。”这时，我忽然明白，我们唱的不是流行，而是曾经带给我们的感动。我很自然地，也成了哼老歌的人。

高中的时候，特喜欢看偶像剧。那些俊男靓女的爱情总是令我心驰神往，对娱乐圈里的明星，也总是如数家珍。而父母亲却总是喜欢看那些柴米油盐的生活剧。那个时候，我特不能理解，一群阿公阿婆围绕着一些生活琐事，有什么好看的呢？而现在，我也已经放弃肥皂剧了。那些柴米油盐，那些粗茶淡饭，才是真正的尘世，才是真正属于我们的生活。当那些比我小得多的孩子跟我说娱乐圈出了个新人谁谁谁的时候，我哑口无言。用他们的话说，我已经落伍了。

大学的时候，早饭经常是可有可无的。那时年轻，总是仗着青春的力量我行我素。而现在，当我为生活奔忙，当我感觉身体日渐疲惫的时候才知道，身体是革命的本钱，胃是要好好养的。于是，我开始每天都有规律地吃饭，开始拒绝垃圾食品，拒绝暴饮暴食。

许许多多我们小时候父母经常唠叨的事儿，现在都自觉地做到了。很多时候打电话回家，我们总会叮嘱他们吃饱穿好，要注意身体，别对自己太紧巴。这个时候，我们俨然已经成为“唠叨者”。

曾经以为带雨伞是多么烦人的事儿，听老歌是多么老土的事儿，看生活剧是多么无聊的事儿，吃早饭是多么多余的事儿……而现在，这些事逐渐地到了我们的身上。我们，越来越接近那些我们曾经嗤之以鼻的人。或许，成长本来就是一个妥协的过程。

穿过那片樟树林

时至今日，我依然记得那条小路带给我的黑暗和恐惧。

从学校到我家，要经过一片田野，田野上有许许多多的坟冢。我要行走的小路就在田野边上，小路两旁是高大的樟树。还没到傍晚，这条小路却已经过早地滑入黑暗。

我最怕被老师留住，因为我根本没有勇气穿过黑暗的小路。那些鬼魅般的枝丫总能轻而易举地让我心里发怵。

小时候，我是个调皮捣蛋的孩子。有一天，班主任终于忍无可忍，把我留住了。在教室里罚站了一个小时后，班主任挥挥手示意我回家。此时，黑暗已经降临，回家的小路早已漆黑一片。

快到樟树林的时候，我的脚步终于开始彷徨。

田野上不时有风吹过。樟树林里发出的呜呜声如同一个个变幻莫测的魅影，让我不寒而栗。

远处忽然传来猫头鹰的叫声，并且，声音越来越近，越来越响，到后来，那声音已经盖住我的头顶。

树林里的虫叫声和猫头鹰的叫声轮番袭击着我。我无助地站在黑漆漆的田野上，忽然有了种想哭的冲动。

狗吠声就是在这个时候响起的。相对于黑漆漆的树林，我更惧怕狗的叫声。

我不知道为什么田野上会有狗，只知道狂吠声正朝我所在的方向逼近。

我没有过多思考，拔腿便往树林里跑去。

两旁的樟树飞快地倒退，而狗吠声一直紧紧地跟在我身后，如影随形。

我几乎是一口气跑出樟树林的。当我站在家门前大口地喘着粗气的时候，狗吠声已经消失得无影无踪。

可是，当时已经饥肠辘辘的我并没有回家吃饭。我的脚步再一次接近樟树林，我的脚步已经在樟树林里翻飞了。此时，我的耳边没有狗吠声，只有樟树的叶子翻飞的声音。

我跑出樟树林，心里顿时一片释然。原来没有狗吠声，我一样可以穿过树林。

在这段夜幕降临的时光里，我第二次站在樟树林边上。与第一次不同的是，此时的我内心不再恐惧。

我吹了几声口哨，毅然迈入樟树林。这次我没有奔跑。

晚风梳理着我的头发，林子里的树叶温柔地翻动着。原来，樟树林里风景很好。我可以透过隙缝看见林子外的万家灯火，也可以看到马路上飞驰而过的车辆。

再次站在家门口的时候，天空已经黑成一片。我已经全然看不见远处的樟树林。

那一顿晚饭，我吃得很开心，因为我终于可以自在地穿过那片樟树林。

刺痛我眼睛的书皮

一次，参加一个文友聚会。席间，遇到一个老作家，他的作品曾经陪我度过许久的时间。我不免有些激动，便和老作家攀谈起来。我细说他的作品如何感人，我曾经多么痴迷。说完，又列举了书中的几个细节。老作家听得很是投入，他不住地点头，脸上挂着微笑。看得出来，他很兴奋。

聚会结束后，老作家对我说，当年你读的作品现在又出了新版，你有空就到我家来拿，我记得你的。说着，他给了我手机号码。我记下了号码后说，一定，我过几日便来取。

却不想，我很快便湮没于日复一日的琐碎中。想起到老作家那里取书的时候，时间已经过了半年。那个秋日的午后，我给老作家打了电话。接电话的是一个年轻人，我说明了去意之后，他说，好的，你来便是，我在家等你。

过了几个小时，我到了老作家的住处。他的儿子热情地迎接了我。他问我，你就是他口里经常说的小范吧？我点点头问，老作家不在家？他儿子低沉地说，两个月前走了。

什么？我心里忽然难过起来。半年不见，想不到已经物是人非。

他迎我进了家，递给我一包书。他说，老头子生前一直念叨你呢，他说有个叫小范的年轻人要来家里取书。他本想给你送来，无奈不知道你的号码。

我心中有愧，半天抬不起头。老作家的儿子说，你难得来一趟，一定要吃了饭再走。我说，我还有事，要先走了，对不住。我本想说，下次再来，但心里却怎么也挤不出这句话。

下了楼，又走了一程，我拆了包装。几本精美的书忽然呈现在我眼前，其中有一本书，它曾经陪伴我度过一整个童年。

我翻开书，隽永的字体赫然入目：小范雅正，祝好。

我的心里忽然伤感起来，我曾经说过不日便要前去取书，没想到一晃就是半年，一晃便是阴阳相隔。此刻，那精美的书皮刺得我睁不开眼睛。

亮在我成长路上的灯笼

小学五年级的那个寒假，学校忽然布置了一样特殊的作业，每人做一盏灯笼。因为新年的元宵节，学校要迎龙灯。我高兴得要跳起来，众所周知，我父亲有一手做灯笼的绝活。村里每年的灯笼，都是我父亲做的。

开学的前一天，父亲把一盏玲珑剔透的灯笼交给了我。我看着灯笼上精美的图案，欣喜若狂。

那天晚上，我把灯笼藏进塑料袋里，脑海里早已闪现出同学们羡慕的眼神。我控制不住自己的激动，久久不能入眠。然而，那个晚上发生的一切远远出乎我的意料。我精美的灯笼被老鼠咬得七零八落。我愣愣地看着残缺不全的灯笼，黯然神伤。

在父亲的陪同下，我异常沮丧地到了学校。我看到同学们手中形形色色的灯笼，但没有一个比得上我的。只是，我的灯笼已经没有颜面出现。

我很快发现了我的同桌郑小凡，他是我们班除了我之外，唯一一个没有提灯笼的。他说，他的父母已经外出打工了，没人给他做灯笼。我同情地拍了拍他的肩膀，不禁有些惺惺相惜起来。

第二天晚上，我们在学校的操场浩浩荡荡地集合了。大家都提着灯笼，互相欣赏，有的羡慕，有的得意。郑小凡拿着两根红红的蜡烛，眼里满是落寞。

我忽然看到了我父亲。他提着精美的灯笼，朝我奔来。我的惊喜不言而喻，就像一张中奖的彩票失而复得。我身旁的惊叹声随即涌来。哇！好美的灯笼！这灯笼做得真好，图案也很美。

我沉陷在一阵阵惊叹声里。我忽然看到，郑小凡的眼神更加落寞了。我很快冷静下来。如果不是我父亲做灯笼手脚麻利，如果不是他雪中送炭，此刻的我和郑小凡一样落寞吧。不是每个人都像我这么幸运，有一个做灯笼非常拿手的父亲。

我忽然觉得，别人的赞美似乎并没有那么重要了。我把灯笼递给郑小凡说，我把灯笼给你吧，我好像没那么想提灯笼了。

郑小凡满脸惊讶，他接过灯笼，不可置信地问我，真的吗？太好了！

然而，他并没有独享灯笼。他拉着我，叫我一起提。那个晚上，我们浩浩荡荡的队伍经过很多村庄，我和郑小凡一起提着灯笼，犹如兄弟。当我看到郑小凡脸上的满足和感激时，我知道我收获了前所未有的东西。

那注定是一盏会永远亮在我成长路上的灯笼。

一直跑，直到阴霾笼罩不了

上小学的时候，我的父母离婚了。那时，离婚并不像现在这么常见，我理所当然地成为大家议论的对象。每当我从走廊里穿过的时候，总能看到那些对我指指点点的人。也许很多时候，他们并不在议论我，但我的心却分明紧缩了起来。我把自己关在紧闭的世界里，不与同学们交往，也不参与班里的活动。

同学们对我的议论变得越来越频繁，越来越大胆。只一句“听说他爸妈离婚了”便让我的心堵得难受。我逃也似的离开教室，往家里跑去。那时，母亲已经改嫁，父亲外出打工，我暂时寄居在爷爷家里。我跑回家，同学们异样的眼神却依然在我脑海里盘旋。

第二天，我说什么也不肯去上学了。那是冬天，爷爷家的屋檐上挂满冰凌，路中的水坑里结了厚厚的冰。爷爷把我叫起来，拖我去上学，但我死活不肯，一想到同学们的眼神和笑容，我便浑身发怵。爷爷没有对我强拖硬拽，他说，你不去读也罢，我带你去河边看看河水吧。我弄不清爷爷葫芦里卖的什么药，但还是低着头跟去了。

爷爷指着河面对我说：“你看，这里的水和水坑里的水有什么差别？”我说：“河水清澈，水坑里的水混浊。”他笑着摸了摸我的额头说：“这只是其一，更重要的一点，水坑里的水被冻住了，河水却没有。”我这才注意起眼前的河水，虽是冬天，它们却依然欢畅地流着。

爷爷继续问我："为什么河水没有结冰而水坑里的水却结冰了？"我半晌没想出答案，只能向爷爷求助。

他意味深长地告诉我："因为水坑里的水原地不动，所以被冻住了，而小河里的水一直在奔跑，所以没有被冻住。"当年的我还没有接触过科学，爷爷通俗而玄乎的道理轻易地把我怔住了。

他对我说："如果你也一直奔跑，同学们的嘲笑便罩不住你，不信你考个一百分给他们看看？"

我并不确定自己能考一百分，但我还是愿意试试，我期待看到同学们惊羡与意外的眼神。在爷爷的陪同下，我背起书包往学校走去。

我依然没有与同学们交往，也没有参加班里的活动。与以前不同的是，我学习认真了，并且强烈期待着下一次考试。

不久后，我们班举行了一次单元测试。上天没有辜负我，我虽然没有得到一百分，却是全班成绩最高的。也许老师也看出了我的变化，在发试卷的时候把我拉上讲台，并且狠狠地表扬了一番。那一刻，全班同学的眼神都聚集在我的身上，他们有的惊讶，有的惭愧，更多的是羡慕。

我想，我的改变是从那时开始的。我沉浸在同学们的惊羡里不可自拔，性格也慢慢开朗起来。或许因为我成绩变好，对我有所顾忌，同学们与我在一起玩耍的时候，很少提及我父母离婚的事，我心里的阴霾如同雨后的大雾般徐徐退去。

我们总会遇到困难，遇到挫折，它是一团乌云，遮挡着我们头顶的日光。如果我们不动，它会紧紧罩着我们，只有一直奔跑，才能把它远远甩在身后。

一双姗姗来迟的鞋子

16岁时，我的梦想是拥有一双旅游鞋。说是我的梦想，其实并不为过。我8岁时，父母离婚了，父亲外出谋生，母亲随即改嫁。年幼的我过起了与外公外婆相依为命的日子。

我读初中后，学费与生活费都随之水涨船高。外公外婆年迈的身躯日渐难以维系我的生活。我身边的同学在那一年纷纷穿起了漂亮的旅游鞋。至今我依然无法表述它的样子，只记得它散发出来的青春气息深深地俘虏了我。我深知自己的家庭条件，然而想拥有一双旅游鞋的欲望却如同深海中的水草般疯长。

穿旅游鞋的同学渐渐增多，他们穿着的每一款旅游鞋都那么符合我心里的期待。穿上旅游鞋后，他们犹如脱胎换骨般神采飞扬。走路时头抬高了，上课时人坐直了，跑步时步子大了。期中考试后，拥有旅游鞋的人越来越多，穿帆布鞋的人越来越少，而穿解放鞋的全校也只有我一个。那些天，我总想把脚藏起来。于是，我看书的时间越来越多，出教室的时间越来越少。

那年秋天，我在外婆家遇到一位远房亲戚，他说家里有许多旧的旅游鞋，让我跟他去取。这突如其来的惊喜如同一波洪水，盖过我日益膨胀的虚荣心。我怀着莫大的期望，屁颠屁颠地跟在他身后。人未到他家，旅游鞋的倩影却早已在我脑海里徘徊了数遍。

我终于到了他家，他指着墙边的一堆破鞋子说，那些旅游鞋都很新，你随意挑吧。墙角躺着的旅游鞋破旧不堪、庞大笨重，虽然与同学们穿着的同属一个种族，但相比之下，显然还处于未进化的阶段。我想拥有一双旅游鞋的欲望太过强烈，以致完全消解了我内心此刻应存的感激。我虽然备感失落，但还是从鞋堆里挑出一双破得不完全的，穿在了脚上。

回家的路上，我的心境已与出门时完全不同。我看着露在空气里的脚指头，懊恼地安慰自己，有总比没有强。

原以为穿着旅游鞋的我会在学校里大放异彩，却不承想鞋子给我带来了莫大的苦恼。

眼尖的同学很快发现了我露在空气里的脚趾，问我："你的鞋怎么这么破?"我的脸被烧得灼热，但依然负隅顽抗地回答："被我弟弟拿到石头上磨破了。"

问的同学多了，我的底气便越发不足。我开始再次期待，要是能有一双崭新的旅游鞋该多好。

期待归期待，我拥有一双旅游鞋的梦想却一直搁浅在岁月里。虚荣心膨胀得厉害的时候，我也曾想央求外公外婆给我买一双，但他们佝偻的身影、苍老的脸庞、花白的头发却总如一根刺，扎痛我几欲发声的喉咙。

穿上旅游鞋是上了大学之后的事，我用勤工俭学的钱买了人生中第一双旅游鞋。看着洁白的鞋帮，我突然眼眶发红。那个晚上，我用脸贴着新买的旅游鞋，闻着它特有的清香，一边奔跑一边哭泣。

我知道这双旅游鞋有些姗姗来迟，但我也深知，曾经翘首企盼的等待，让我明白何为珍惜。艰难的岁月让我咀嚼出珍惜二字最深沉的味道。

孤独的时候，还有风雨

读小学的时候，有一段时间我被寄居在表一个远房亲戚家里。父亲让我叫他表叔。在此之前，我甚至没有见到过表叔。9月1日，我背着书包，带着一些生活用品，到了表叔家里。

表叔家没有小孩，所以我的存在总是显得格格不入。一旦和表叔、表婶相对，我便不知道要说什么，所以在许多时间里，我只能靠沉默来打发时间。

我喜欢端着碗到门口吃饭。坐在门口的长板凳上，边吃边看门口的杜仲树。秋天时节，它浑身的树叶都呈现出墨绿的颜色。

那个秋天，我心情的低落与苦闷不言而喻。没事的时候，我只能打量门前的杜仲树。我的目光无数次落在它身上。它干燥的树皮、椭圆形的树叶，都被我阅读了无数遍。就像一直读一本书一样，读着读着，你总会发现一些惊喜。初秋的一天，我发现杜仲树上居然结了一些豆荚一般的果实。我爬到树上摘了一把。那时的我，不知道这就是杜仲树的籽。我把杜仲的果实放在阳光下晾晒。过些时日，里面的籽便“噼里啪啦”地蹦出来。

那些晴好的日子里，我着迷般地看着树的影子。我拿了石头，把石头压在树影的轮廓上。半个小时过后，我发现影子已经跨过了石头。时间，它确实是有脚的呵。

下雨的时候，我便只能看它的树叶。雨水淅淅沥沥地拍打着树叶，叶子的周围便出现了密密的雨脚。如果风雨猛烈，树叶就随风起舞，摇头摆尾。

不得不承认，这棵杜仲树陪我度过了许多寂寞的时刻。当我一个人坐着吃饭的时候，当我独自做作业的时候，当我想家的时候，杜仲树上的鸟巢，树叶上的知了，都让我寂寞的时光活色生香。

不久，杜仲树被砍掉了。树皮换成了钱，树叶和树干化成了灰烬。我失去了一样陪伴我的东西，一时间有些郁郁寡欢。

后来，我喜欢上了看夕阳。每天放学，我便站在操场上、小径上、山坡上。夕阳落下一尺，我便往高处走一丈，如此，直到目送太阳完全沉没。晚上，我又与月亮、与星星对望。

在表叔家的三年，我习惯了与风雨对话，与星辰相望。那些日子，我的内心有种别样的丰盈。

工作后，我依然保持着这个习惯。我曾经凝视过一株小草，曾经深深观察过一棵香樟。

假如你足够有心，你会发现这世上的许多东西，它们一直默默地陪伴着你，分担你的哀愁，分享你的欢喜。诸如一棵树、一抹夕阳、一颗星星，只是很多时候，我们忽略了它们。孤独的时候，请你别忘了，还有阳光，还有风雨。

收拾错误

那是我12岁时的一个午后，父亲让我到县城里买一包黑豆籽。他说，黑豆在城里……我当然知道黑豆在城里，我不耐烦地打断他的话，然后，拔腿跑入春光里。

走了几里路，又坐了半小时的车，我终于到达县城。几经辗转后，我找到了县种子公司。老板问我，买什么？黑豆，我说。老板又问我，是不是豇豆？是黑豆，我说。

老板麻利地递给我一包黑豆籽。我付了钱就兴冲冲地往家赶。

我到家的时候，父亲正站在家门口。把黑豆籽给我看看，父亲说道。我乖乖地把黑豆籽交给了父亲，心里带着一点窃喜。因为从我出发到现在不过两个小时。

没想到父亲的脸顿时虎了下来，他说，我就知道你这小子肯定会买错，你现在赶紧给我跑回去把黑豆籽买回来。

怎么买错了，这不是黑豆籽吗？

我刚想告诉你黑豆在城里叫豇豆，你就打断我的话猴急地跑出去了。你说你小子能买对吗？

我顿时愣在原地，灼热从耳根开始蔓延。

我只能再次去县城。等我到县城的时候，已经是下午三点半。春日的太阳很快就会落下山头。

我匆匆赶到种子公司，却发现公司已经关门了。门口的纸条上写着，临时有事外出，有事请拨打电话×××××××。我脚底一软，差点重心不稳。

我开始向别人打听，县城里还有没有种子公司。问了许多人，他们纷纷摇头，表示不知道。好不容易问到一个城里人，他说，在湖山路有一家私人的种子店，你可以去看看。

可是，陌生的地名让我再次找不着北。他向我比画了一通，说，就这么走，很简单的。

如我所料，我果然迷路了。后来，一个踩三轮车的叔叔把我带到了种子店。终于找到种子店，我再三强调，我要买的是黑豆，你们城里人叫豇豆。老板说，放心吧，错不了。临走前，我再一次问老板，这是我们乡下人说的黑豆吧？是的，老板点点头说，我们城里人叫豇豆，放心吧。

我这才安心地往车站走去。

到车站的时候，最后一班车已经启动。我飞也似的朝车门奔去，汽车这才停了下来。坐在车上的时候，我很是后悔，为什么当时不听清楚？如果当时听父亲说完话，我就不会把原本简单的一件事变得这么复杂了。

回到家，我看到父亲已经接到村口。接过我手里的黑豆籽，他笑眯眯地摸了摸我的头。我悬着的心，终于可以放下来。

那天晚上，父亲跟我说了许多道理。最后，他说，今天上半年，你小学生涯要结束了，我希望你能懂得这点道理。

说实话，当时 12 岁的我没有完全明白父亲的话。在这么多年后的今天，我终于明白父亲告诉我的道理：犯错很容易，收拾错误却很难。

迷路的青春

他是我的同学，他的叛逆始于高一。高一第一个学期，他开始把大把时间放在看电影上。影片的内容无一例外都是关于古惑仔、黑社会。那是一段幼稚而又躁动的时光，他疯狂地迷上了古惑仔，就像一个吸毒者无可救药地迷上了毒品。

一段时间后，他到街上打了耳钉，并把头发挑染成黄色。他开始拒绝做作业，并在上课时躲在课本后面睡觉。在课代表连番催促下，他终于烦不胜烦，把作业本撕烂。

此后的几天，他不断地和班里的人打架，后来又和隔壁班的人打架，最后把打架的对象扩大到整个校园。

班主任找他谈话，他低着头，一脸不屑。班主任忍无可忍，问，你家电话是什么？他沉默。班主任加大了分贝，号码是什么？他动了动嘴唇，依然什么也没说。班主任火了，拍着桌子嚷，你再不说电话号码就直接滚蛋。我们没看清楚他是怎么出手的，等我们反应过来时，班主任已经重重地挨了一拳。在班主任惊讶而愤怒的眼神中，他夺门而出。

他彻底告别学校，回家躲在房间里看电影。他叼着烟，整个脑袋都陷在烟雾中。放学回家后，我想跟他说点什么。他似乎知道我的意图，手一摆说，什么都不用说了。这时我才发现，他的手臂已经文了刺青。抽了几口烟后，他开始喝酒，喝了酒后又开始健身。

不久后，他去了外地。

过年回家，他顶着一头黄发，牛仔裤全是窟窿。在打牌的罅隙，他跟我们滔滔不绝地说起外地的黑社会，并不无炫耀地举起手说，看，这都是打架留下的伤痕。他叼着烟，双手在牌桌上忙碌，满嘴脏话、粗话。

一年后，他因为打架进了派出所。后来，村里人说，他被判刑三年。

再见到他是在两年后，据说他在服役期间表现较好，提前出狱了。

他剪短了头发，穿一件黑夹克，一条泛白的牛仔裤。见到我们，他说，好久没见，很想念你们。

他依然打牌，不过已经不是赌博。

一天晚上，刚好三缺一，他对我说，咱们来打双扣。我犹豫了好久，说，好的。

出乎意料的是，他不再满嘴脏话、粗话，聊天的内容也不再是黑社会。后来，他说已经在一家公司上班，收入还可以。

他的牌不是很好，第一局就被双扣。他笑了笑，说，这就像青春，总要经历低迷。

那一刻，我被感动了。是的，每一段青春都是躁动的，我们总会在青春里迷路，就像河流总会在曲折的地方打转。重要的是，你要从迷雾里走出来，那么，青春里的每一个转弯都是绚丽的。

少年错

小时候，我最喜欢过年，不仅因为过年有好吃的，更因为过年有压岁钱。所以每年去亲戚家拜年的时候，我总是一马当先。

那一年，我对拜年尤其热衷。只有我自己知道，我对一款玩具车心仪已久。可是对于压岁钱，我父母向来看得严，他们总是说，小小年纪拿那么多钱干吗，不准私藏，全部都得上交给我们。

在一瞬间，我变得有些沮丧。但不久，我就发现了一个绝好的方法。我谎报压岁钱的数目不就好了嘛。亲戚给了我一百，我就谎称只给了我五十，我把五十交给父母，把另外的五十留给自己。

如此进行了三四番，我已经私藏了不少钱。我对自己的小聪明扬扬得意。

年后，我很快去商店里买了我喜欢的那款车。同学们惊羡的目光全都集中在我的车上。为了能玩玩我的赛车，几个学习好的，甚至以帮我做作业为代价。

我沉浸在这样的优越感中，不可自拔。

但这种感觉最后还是让我觉得索然无味，我想，我必须把商店里的那架遥控飞机给买下来，如果那样，我得到的羡慕目光该会有多少。

可是除了过年，我就很少有经济来源。

虚荣是很可怕的东西，它让我渐渐失去理智。

从我看到同学身上的一百块钱开始，我就坐卧不安。商店里遥控飞机的样子时不时地从我眼前闪过，但是紧接着罪恶感就袭上心头。

一整个上午，我都徘徊在这种矛盾之中。快下课的时候，我决定，不能让自己继续沉沦下去了，遥控飞机我可以不要。

但机会却很快降临到我身上。那天放学，同学们几乎不到五秒钟便撤离教室。那位同学因为走得太急，竟然把钱留在座位上了。我好不容易清醒过来的头脑在一瞬间迷糊了。

后来的事情在意料之中，我偷钱的事很快被老师知道了，他很快便通知了我的父亲，我的父亲很快地就赶到了学校。

那天，我写了检讨书，被父亲狠狠地扇了两个耳光。更重要的是，我的自尊从此以后被同学们踩在了脚底。

所幸后来我再没有偷过东西。年少时，或许每个人都有一段不堪回首的记忆，它或许是你痛改前非的动力，也或许是你自甘堕落的开始。

温暖的苹果

大学时，我有个室友叫陈凡。大三那年，他恋爱了，女朋友是同系的。

他常常和我在宿舍楼的天桥上聊天，他说每一次见到女朋友都特别激动。每次约会，他就和女朋友肩并肩，静静地穿过公园，到商业街吃东西。他说，这样的恋爱单纯而美好。

快到圣诞节的时候，他开始频频地向我们说圣诞快乐。我们说，同乐。同乐，哥们儿。但他明显表示出不满。后来，我们才了解到原委，原来他向我们说圣诞快乐是想让我们给他一毛钱的硬币。

因为我们读的是师范，所以班里男生特别少。向所有男生说了圣诞快乐之后，他才得到 15 个硬币。接下来的 9 个硬币，他只能向女生要了。

在我印象里，为这件事，他整整一节课都忐忑不安。快下课的时候，他终于鼓起勇气，向女生要硬币去了。我们同座的人几个人不禁被他憨憨的样子逗得笑了起来。

刚开始，他显得十分拘谨，还没说圣诞快乐，脸就已经涨得通红。后来，情况总算有了些好转，但说完一句祝福语，他还是忍不住要脸红上一阵子。

最后，他终于凑齐了 24 个硬币。他显得很兴奋，把硬币握得紧紧的。

平安夜那天下午，他偷偷地来找我了，他兴奋地说，能帮我一个忙吗？

什么忙，我问。

陪我一起去买苹果，他说。

我答应了他。我们俩来到学校后面的水果超市。那天买苹果的人很多，看来是受了圣诞节的影响。他排了好久的队，终于买到了一个。他得意地望着我，连连向我伸出V字形手势。买好后，他让老板把苹果包起来。我说，这苹果早晚要吃的，你包起来干什么。他面带红光，笑而不语。

接着，他又央求我陪他去女生宿舍。我说，这不用了吧。他连连点头说，需要的，你去给我壮壮胆。无奈，我只得跟他来到女生宿舍楼下。

我躲在树丛后，他掏出手机给女朋友打电话。要知道，在打这个电话前，他已经酝酿了好久。在路上他一直问我，应该用怎样的语气讲呢，应该怎样讲呢？

尽管这样，他打电话的时候，声音还是哆哆嗦嗦。

不久，他女朋友下楼来了。他女朋友显然被眼前的幸福惊呆了，一时没回过神。我能感觉到，他女朋友同样紧张，因为接过苹果的好长一段时间里，她只顾手舞足蹈，什么话也说不出来。最后，他说，吃了平安果，你就会一生平安了。接着，就再没有下文。

我记得那个晚上，他们煲了很久的电话粥。最后，他们是在电话里同时把平安果吃掉的。

现在又是圣诞节了，我不禁又想起那个苹果。我总觉得，有些情，有些事，都只会留在特定的阶段。但那个苹果，注定成为我关于圣诞节的最温暖的记忆。

边走边丢弃

时至今日，我依然记得油煎馃的味道，依然记得交流会时我在小摊前急急等待的样子，以及油煎馃的香味溢满齿间的味道。

我读小学的时候，油煎馃并不是天天能吃到的东西。于是，我格外期盼每年四次的交流会。我拨开汹涌的人群，不为别的，只为早些奔到炸油煎馃的小摊。

那时，与我年纪相仿的小伙伴都爱吃油煎馃。等我奔到小摊的时候，摊前已经被围得水泄不通。我踮着脚，拼命张望。炸油煎馃的师傅不慌不忙，调粉、和菜、下锅，井井有条。

周围的人渐渐散去，我终于可以高枕无忧地等待我的油煎馃。漫长的等待过后，炸油煎馃的师傅把一个热气腾腾的油煎馃递给我。我接过油煎馃，在人群里兴奋地穿梭。没人能够读懂我此刻的欢喜与幸福。

少时，对自己喜欢的东西总是分外珍惜。我小心翼翼地拿着油煎馃，在一个没有人的地方细嚼慢咽。末了，我闭上眼，久久地回味着口腔里的余味。

在那些年少的时光里，我年复一年地等待着交流会的到来，年复一年地继续着小摊前的等待，年复一年地享受着油煎馃带给我的欢愉和幸福。

后来，我慢慢地长大。

我不知道自己究竟在何时疏远了油煎馃，也忘记了自己最后吃油煎馃是在什么时候。

如今细细回忆起来，许多和童年绑定在一起的东西又慢慢浮出脑海。但是我的确无从知道自己到底在何时摆脱了这些我曾经那么热爱的东西。

又或许，成长本来就是一个边走边丢弃的过程。

青春里的一场远行

彼时，我正走在街上，阳光如青烟般从我耳际落下。耳边忽然飘过何炅的《栀子花开》。

栀子花开 /So beautiful so white/ 这是个季节 / 我们将离开 / 难舍得你 / 害羞的女孩 / 就像一阵清香 / 萦绕在我的心怀……

于是，脑海里蓦地飘出那片绿茵茵的草地。当时，我们还是一群奔跑在校园里的无忧少年。我们总喜欢在学校西边的草地上闲侃。那时候的梦想，是天边隐隐穿过的飞机，缥缈而浪漫。有人希望自己毕业后当个作家，一边漂泊，一边写作，把沿途的风景装进摄像机里，写进文字里。有人希望自己当个广告设计师，坐在宽敞明亮的写字楼里，在图纸上驰骋，然后满大街都是自己设计的广告。还有人希望自己成为一个画家，背着画夹，住不同的宾馆，和不同的人相遇然后又分散，希望自己在各个地方办画展，将自己的收入捐给慈善基金会。

曾经，我们都沉浸在这样的梦里，因为有了这些瑰丽的梦，所以连虚度光阴也有了足够的理由。

我们不分昼夜地待在网吧里，在游戏里厮杀，飞扬跋扈；我们隔三岔五地旷课，跑到学校外的天桥上抽烟，满脸的痞子气；我们在就寝后翻墙而出，在街边的大排档里心无城府地喝酒、吃饭，感觉指尖的时光如此辉煌。在这些错乱的日子里，我们心中的梦想依然绽开着，并且有种隐隐逼近的错觉。

我们依然在学校的绿草坪上畅谈自己的未来。有人渴望沧桑而坚韧的爱情，希望自己找到一个伴侣，浪迹天涯，无论怎么漂泊，心却始终在一起；有人希望自己的爱情华丽而美好，希望自己有富丽堂皇的房子，房子前有一个花园，花园里有前赴后继开放着的花朵；也有人希望自己的爱情刻骨铭心，无所谓受伤，也无所谓结果，但是过程一定要惊天动地。

时光在梦的罅隙里穿行而过，许多梦做着做着就醒了。在毕业的骊歌里，我们整理行装，告别校园。

融入了社会，那些曾经做过的梦不知不觉地灰飞烟灭了。想成为作家的最后当了老师，想成为设计师的最后成了会计，想当画家的最后成了销售员。无论男的女的，最后都步入了尘世的爱情里，没有漂泊，没有华丽，也没有刻骨铭心。

我们的梦，越走越荒芜，越走越单薄。

何炅那清纯的歌声还在持续。栀子花开 / 如此可爱 / 挥挥手告别 / 欢乐无奈 / 光阴好像流水飞快 / 日夜也将我们的青春灌溉……

到后来才发觉，那些梦，不过是青春里的一场远行，我们终究要回到原点，而那些青春里小小的叛逆，也不过是成长中的垫脚石。

青春的印记

当我们班的首富拿着小灵通冲进教室的时候，我们一片哗然。那年，我读初三，小灵通的价格在一千元左右。我知道那同学的小灵通只是从父母那里借用几天，可是同学们水泄不通地围观还是勾起了我少年时期的虚荣心。我知道我不可能买一个小灵通，但好歹也得买个 BP 机。

有了念头，行动紧接着就来了。我开始省吃俭用，但可想而知，我一星期 5 元的生活费（其实是饭钱），再怎么省也得存上好几个月。后来，我发狠劲了，用两块钱一瓶的豆腐乳打发了一个星期的午餐。起先，一瓶豆腐乳只吃一个星期，到后来，一瓶豆腐乳吃了两个星期。同学们大多被我的吃苦精神所感动，纷纷施舍我一些饭菜。

我积攒到 50 元的时候，半个学期已经过去了。眼看着一个学期快要过完，我不禁心急如焚。我去打探了一下价格，要 100 元。我终于动起了歪脑筋。

那天晚上回家，我心如鹿撞。好不容易挨到父亲睡觉，我蹑手蹑脚地从他衣兜里摸走了 50 元钱。

从店里拿走 BP 机的那一刻，我激动得差点哭出来。我手舞足蹈地奔进教室。同学们看到我的 BP 机以后，果然蜂拥而至。他们惊羡的面孔在我眼前飘来飘去，那一刻，我觉得我所有的忍耐都是值得的，包括从父亲口袋里摸钱。

过了许多年，BP 机早就落伍了，事实上我压根儿没怎么用过它，但我一直把它放在抽屉里。我不知道父亲是否察觉到我摸了他的钱，但我知道，这是青春的印记，是青春里的虚荣走过的印记。

我始终欠她一句对不起

我读四年级的第一天，我们全班同学充满期待，四十多双眼睛齐刷刷地望着教室的门口。

离上课时间已经有五分钟，教室门口却没有如期出现那位女教师的身影。我们已经知道她姓潘，刚大学毕业，并且长得很漂亮。

终于，她走了进来，扎着长长的马尾，穿着淡蓝色的连衣裙。她微笑着与我们打招呼，我实在听不清她讲了些什么，因为她的声音似乎比蚊子的声音还低。我只看到她的嘴巴一张一合，看到她的门牙有规律地裸露出来。

她的种种信息告诉我们，她是一个不凶的老师，甚至还带有一些小害羞。因为她跟我们讲话的时候，满脸通红，时不时地搓手。

这无疑让我们班的吵闹大王胡天倍加欣喜，他当即趴到我耳边说，这个老师一点也不凶，以后我们可以大吵大闹了。

起初，我还有所戒备，怕潘老师发威，久而久之，我自然而然放下了所有防备，和胡天一起为所欲为。

我不可救药地喜欢上了语文课，因为那无疑成为我们放松的天堂。我们的数学老师满脸威严，对我们非打即骂，把我们管教得服服帖帖。我们只能把积压在心里的愤懑发泄在语文课上。

胡天个子高，胆子也大，他公然把一条蜥蜴放进老师的讲台抽屉里。那节语文课，我亲眼看到潘老师因为惊吓过度而满脸苍白，亲耳听到她发出的惊叫声。她提着裙子冲出教室，哭得像个孩子。胡天带头笑起来，接着我也笑，继而哄堂大笑。

在他的带领下，我也开始放纵了。语文课上，我在立起来的语文书后埋头玩小霸王游戏。潘老师发现了我的举动，走过来欲夺走我手里的游戏机。我不敢像胡天那样当面和她争吵，只能咬着牙，仰着头挑衅地望着她。

我看到潘老师的眼神忽然黯淡下来。她喃喃道："泽木啊泽木，我没想到你也会这样，真想不到，在我眼里，你是个乖孩子，你太让我失望了。"

我一时语塞，半晌说不出话来。她放下语文书，双手撑在讲台上对我们说，算了，我看你们都不喜欢听我的课，这样下去，你们累，我也累。以后每堂课都让你们玩，你们尽管开心地玩。她看了我一眼，愤愤地走出教室。

我感觉自己的脸火烧般难受。看着潘老师的身影消失在走廊的尽头，我莫名难过起来。

潘老师只教了我们一年，听同学说，校长觉得她教得不好，让她去教一年级了。我想起她看我的眼神和黯然的样子，内心忽然惭愧得很。

巧的是，高中毕业后，我考取了省城的师范学校。我走出学校，走上讲台，看着底下热闹沸腾的学生，忽然想起潘老师。那一刻，我的心里涌起刀割般的疼痛。那时年轻，我不懂她的处境。对于她的愧疚，只能深埋在时光里。

电台时光

我无法言表电台曾经给我带来过什么，只记得当时对其的迷恋。

我年幼时，舅舅家有一台收音机，他告诉我，那是半导体收音机。我不懂什么半导体，但它传出来的声音却准确无误地闯进了我的耳朵，并在我的心里绽放成一朵又一朵的花。我很快就被那些美妙的声音所俘虏，对我来说，收音机里传出的歌声是那么美妙，就像从我头顶快速飘过的云朵。即使是电台里男女播音员的声音，也足以让我激动得浑身颤抖。当时，我年纪虽小，却也能对舅舅说出“他们的声音怎么像含着水一样”的绝妙形容。现在，我终于能用相对准确的语言来描述他们的声音，那就是圆润、温软。

收音机带给我的欢喜不言而喻，然而，我心中的好奇也与日俱增。终于逮到一个无人在家的午后，我准备打开收音机看看，里面到底是怎样的一个世界。结果可想而知，除了看到一些电线与零件之外，我一无所获。我无法接受，收音机里那么歌舞激昂，呈现在我眼前的却是一堆枯燥呆板的零件。

它带给我的灾难远远大于埋藏在我心里的失落。舅舅发现我弄坏收音机后，教育我收音机里之所以五彩纷呈，是因为有电台，然后顺便给了我一个结结实实的巴掌。

不久后，舅舅新买了一个收音机。我终于又可以在清晨时分再次听到美妙的音乐。我童年里的许多个早晨，都是在音乐的浸泡中度过的。我甚至不知道那是什么电台，也不知道电台所播放的曲目，但它洒落在我心里的音符、旋律以及我脑海中闪现出的画面，却足以让我铭记一生。

成长的脚步如滚滚车轮，我很快抛弃了舅舅家笨重的收音机。上初中后，我买了个微型收音机。我终于有机会随心所欲地选电台。那是一个嫩如青葱的年纪，我对流行歌曲的酷爱到了无以复加的地步。各音乐电台，成为我孜孜不倦的选择。我把耳机塞进耳朵里，让音乐经由我的每一根神经，浸润我笔下的每一个字。我初中三年所有在晚自习期间完成的作业，都浸染了灵动的音符。我日趋萌动的心绪，也在音乐电台中如棉花般缓缓开放。

但我无论如何也想不到，我会与电台有那么亲密的接触。大学过半的时候，我爱上了文字，喜欢用文字描摹世间百态。大学毕业后，我参加工作，但对文字的热爱却有增无减，甚至还过了一段职业撰稿的生活。随着我见刊的文字越来越多，被电台播出的文章也逐渐增多。当我的文字从播音员的口中潺潺流出的时候，我陡然觉得时光回转，似乎又回到了初识收音机的年龄。我内心的激动，一如当年。

我更不曾想到的是，我有机会与主持人连线交谈，与广大听众分享我的写作历程与生活感悟。当我与主持人畅聊的时候，心里突然有了一些恍惚。我不知道，收音机前是否会有一个如我当初一般懵懂的少年，似我一般深深迷恋着电台传出的声音。

我忽然发现，多年以来，电台于我的印象已在悄无声息间发生了变化。从无知的相遇，到默默的陪伴，到熟稔的相知相识，它的角色不停地变换着，却始终是我生命中经久不息的阳光。

窗口

从小到大，我驻足凝思过的窗口不少。不同时期，不同感受。

少时，我住在乡下，我家的房子被青山绿水所包围。我的窗户朝南，床就在窗边。我喜欢有阳光的日子。阳光经过窗口，洒入房间，屋内顿时有了隐约朦胧之感。少时的我，总喜欢赖床，在被窝里等待阳光爬上窗口，等待阳光到我的被子上飞舞。

倘若月光清朗，我对窗户就更加依恋。孩子们喜欢到月光下奔跑、捉迷藏，大人喜欢在月光下聊天，而我却更喜欢在窗口看月亮。站在窗口，我可以看见左手方向的树林。也因为在窗口，我比别人更早迎接到月光。我觉得我是幸运的，当我的头发上、脸上洒满月光的时候，其他人还沉浸在阴影里。月亮越升越高，我眼前的景象便越发清晰、明朗。

我知道，窗口没给我带来什么，但我固执地认为，它让我爱上故乡的山水、日光与月光。

三年级的时候，我开始了住校生活。对生活的不适，对父母的思念，都被我一股脑儿转交给了教室的窗口。一到傍晚，我便站在教室的窗口驻足凝望。从教室的窗口往外望，我可以看到远处的田野、山坡。我认为，我眼前的山坡与家乡的山相连，望着它，也便在凝望我的家乡了。如此一来，我的心里便舒坦了许多。当我在窗口眺望远山，思乡之情泛滥的时候，我总想，此刻，我的父母在干吗。在日复一日的眺望里，我读完了小学，升上了初中。后来，我再也没机会在教室的窗口眺望远处的山坡。

大学毕业后，我喜欢上了旅行。坐在靠窗的位置，看窗外的风景，逐渐成为我最热衷的事情。窗口的风景走马灯似的变换着，北方的大漠、南方的流水，西部的辽阔、东方的繁华……我的心情如同灵动的流水，洒在我路过的城市与道路上。我在窗口遇到过的风景，成为我旅行的最佳见证。

通过窗口，我懂了山水，饱尝了思念，也知道了旅行的意义。我所守候过的窗口，成了我人生中一个又一个的站点。它们如同稻田里一个又一个的稻草人，立在我空旷的心田里。

心灯

幼时便读李白的《静夜思》，对“举头望明月，低头思故乡”一句印象深刻。少时，我寄居在一个远房亲戚家里。因我之前与他们见面的次数并不多，所以与他们始终隔着一条河。我无法与他们亲密无间地相处，无法在他们面前撒娇，也无法对他们吐露我年幼的心绪。

在更多的时间里，我一个人静静地坐在他家的院子里，与月亮对望。我爱它的轻柔，爱月光下朦胧的一切。我总觉得月光使世上的一切变得温柔。月光下婆娑的树影，柔和的屋顶，半明半灭的街巷，波光粼粼的小河，都让我着迷似的喜欢。它们没有什么独特之处，却总让我久久地凝望。夜晚时分，村子前方的山涧上总会升腾起水汽。月光下，水汽如同轻柔的棉絮，慢慢地往山顶上飘。

当时我还没学到“但愿人长久，千里共婵娟”，然而却也隐隐知道我与家人守候着同一轮月亮。我甚至相信，在我看月亮的时候，他们也在看月亮。如此想来，便觉得我们还是在一起的。每当晚上，我便对着月亮的方向遥望。当时，我并不知道我家的方位，但每次看着月亮，便心生温暖。

在我童年的许多个夜晚，月光穿过屋顶的玻璃瓦，悄悄爬上我的床，慢慢到达我的手上、肩上、头发上。我如同舞台上的演员，被月亮打着追光。每当这时，我对家的思念便如海水般汹涌。我的脑海里出现我家的瓦房，出现房前宽阔的晒场，门口参天的大树。我顿时有种浸泡于水的湿润感。月光如水，我仿佛置身于海洋。我对家的思念随着月光愈演愈烈，然而月光的抚摸也让我深感温暖。月光让我觉得离家并不远，因为我知道有一束月光，此刻也穿过我家的玻璃瓦，落在木板上，或者床前。

在我的寄居时光里，月光在我心底铺上了温柔的暖色，让我的夜晚时光变得不那么单调。

后来，我到镇里上学了。我家离校较远，所以放学回家的路上常常能遇到月光。在农历十五之前的日子里，月光总是紧接着日光而来。我刚刚告别日光，月光已在我身旁。尽管我已经饥肠辘辘，但因为有月光的陪伴，我的脚步从来不会显得匆忙而慌乱。在我归家的途中，有几处树荫。在白天，这是一个好去处，在晚上却让我心里发怵。但想到月亮就在我头顶，就在树荫的出口，我的心里便会释然。再次步入月光，忽觉世界温馨而美好。

读初三之后，我的课余时间更加拮据。周五晚上回家，周日早上便要到校补课。学校规定七点到校，我往往五点就要起床了。我与月光相处的时间，倒是由此增加不少。

在农历十五之后的时光里，我有机会在早晨与月亮相伴。有时，我一睁开眼便能看到落在我床头的月光。我一骨碌起床，吃罢早饭，背起书包往学校赶。白天看起来凹凸不平的路在此刻柔和起来，似一条柔软的飘带。我认为在柔软而唯美的飘带上行走是一件美好的事，心情总在这样的清晨格外美好。

当然，我也会遇上很多没有月光的日子。那时我就想，月光其实一直都在，只是在云层之上。

与月光相伴那么多年，忽然惊觉，我的道路上早已铺满月光。那曾经高悬于我头顶的月亮，早已成为我的心灯，照耀着我人生的道路。

心底的花丛

周末，和一个初一的学生在QQ上聊天。她说她失恋了。我一愣，问，你恋爱过了。是的，她说，可是现在分了，还不到两个月的时间。为什么分了，我问。也不知道为什么，就是觉得不适合。她一遍又一遍地问着，爱情到底是什么，就是互相伤害。她说这话的时候俨然已经是一个伤痕累累的成年人。

我不禁替她惋惜起来，人在花季，心却走出花季了。

末了，我对她说，像你这种年纪的人，应该把喜欢的人放在心里，不要急着去尝试爱情。以后你有的是机会经历这样那样的爱情，为什么不给年少的感情一个柔软的空间，让它变得朦胧一些，唯美一些。

她有些发蒙，很显然，她还接受不了我的思想。她总是固执地认为，遇到喜欢的人就应该大胆地表达，哪怕伤得一塌糊涂。

她问我，你有过这样的经历吗。

我不禁想起了我的年少。一如所有的青春期少年，我也有一个梦中的她。她扎着马尾辫，眼神弥漫，面容白皙，笑容恬淡。她的容貌在班里是数一数二的，她的成绩在班里同样令人咋舌。

年少时的心就是这样被牵引的，她的一举一动仿佛都牵扯着你的眼神。

想接近，却又不敢接近。在教室里相遇，总是礼貌性地一笑，在楼道里偶遇，也是微微一笑，然后匆匆作别，但心里却泛起一层又一层的涟漪。

那个时候，我的心里无疑开了一片绚丽的花朵。而我，总是在默默里守着这片花丛。只觉得，那时候的天空格外湛蓝，空气格外清新，连阳光也有了美丽的舞姿。

后来，我们毕业，各自上了不同的高中，不同的大学。我再没见过她，可心里的那片花却一直开着，即使在成长的途中被时光笼上了一个罩，心底，却始终是温软的。

后来我所经历的爱情并不完美，甚至有些曲折，可内心却始终是感激的、温暖的。现在想起来，那是因为我的心底有了那片温暖的花丛。

是呀，年少时的爱情，就如刚刚绽放的蓓蕾。它还经不起日晒，还经不起雨淋。那么，还不如把它放在心底，让它在渐行渐远的时光里，时刻温暖着你的心灵。

成长的阶梯

我认识小佩的时候，她正值豆蔻年华。16 岁的年纪，一切都显得单纯而美好。她说她有很多烦恼的事。其实，不过是成长过程中一些必经的小小心事。于我而言，那样的烦恼早已远去。所以，我很轻易地就解决了她的烦恼。她说，你真厉害，什么事情都难不倒你。我笑笑，想道，等你到了我这个年纪，也会这样的。

小佩说要当我的妹妹，她的理由是以后有什么烦心事的时候可以向我倾诉。我点点头，答应了。

她每周都给我发邮件，说她们学校里的事情，哪个老师怎么令人讨厌，哪个同学谈恋爱了，哪个人又失恋了。大多数的时候，我们在 QQ 里聊天。她还是有很多烦心事，而我总是用成长的经验帮她轻而易举地解决了。

有天，她很动情地说，有哥哥真好，你愿意当我一辈子的哥哥吗？

我说，等你再长大一点，你就不会这么想了。

她很倔强，说，不会的，你一辈子都是我的哥哥，就算我以后有男朋友了也是。

我笑笑，不再言语。我何必非要现在和她争个高下呢，时间会证明一切的。

我生日的时候，她给我寄来两个本子。一本是她的日记，里面大多是她两年来的经历，欢笑与泪水，希望与绝望，都一览无余。另一本是空白的笔记本，她的意思是让我也写写自己的生活，两年后交给她。

我终究还是写了，想，我还是陪你幼稚一回吧。

笔记本写到一半的时候，她很兴奋地告诉我，她有男朋友了。男生很帅，也很有才，他们每天漫步在学校的操场边，有时候骑着单车在学校附近的小道上闲逛。

再后来，她就很少与我聊天，也很少发我邮件。她的 QQ 签名里写着：热恋中，请勿扰，扰了也没用。

我知道，她已经找到自己的世界了。

写完整本笔记本后，我把它默默地放进了抽屉。我想，现在，她应该不需要了吧。这是每个少男少女都会经历的青葱年华，细想，我们当时又何尝不是踩着这些成长的阶梯过来的呢？

最美好的谎言

小学五年级的时候，我的叛逆情绪已经初露端倪。我的父亲在工厂上班。年轻的时候，我父亲学习很棒，遗憾的是，当年的爷爷没有能力供他继续读书。他令人羡慕的成绩永远地停在了初中毕业的那年夏天。许是这样，所以父亲对我的期望特别大。他总是逼着我学习。上完了学校的课，完成了老师布置的作业，他又偷偷地帮我报了培训班，给我增加了许多额外的负担。

我的情绪终于如山洪般暴发。在父亲叫我完成一篇作文的时候，我狠狠地把头扭到了一边。我的父亲是个粗鲁的人，他把我拎起来就是一顿毒打。五年级的我，身体娇小，于他而言就是掌上玩物。我抹着眼泪，梗着脖子，气鼓鼓地立在一边。

他急着去上班，只丢下一句“给我好好写，不然回来有你好看的”，便匆匆出门。我趴在桌子上，泪如雨下。

有两个多小时的时间，我呆呆地坐在桌子旁，一动也不动。我望着窗外的树叶，望着天上的白云，心里有说不出的愤恨。时间很快逼近了十点半，父亲很快就下班了。我不由得心头发寒。

父亲准时地推门而入。我坐在桌子旁，把头埋得很低。父亲顾不上洗手，匆匆跑到桌子旁。他拿起我的文章细细读了起来。透过手指的缝隙，我看见他的神情越来越兴奋，到后来，颇有些眉飞色舞的味道。

可是，他很快严厉地问我，是不是作文书上抄来的？

我咬着牙，把头摇得像拨浪鼓。

父亲拎着我的衣领说，来，跟我去你们语文老师家，我去问问他，你的作文是不是抄的。

我的语文老师就住在我家附近。他姓李，三十开外，胖胖的，看上去很有亲切感。前往李老师家的途中，我的心跳得厉害。我想转身逃开，但父亲的手如铁钳子般牢牢地箍住了我。

李老师正在家里看电视。他看了我的作文，点着头说，不错，小范的作文大有进步啊。我的心已经快要跳出来。

这时，我的父亲问李老师，他的作文是不是从书上抄来的。

李老师看着我，严厉地说，应该不会吧，他是个诚实的人，不会干这种事情。接着，他说，你在这里等会儿，我去电脑上查查就知道了。

他给我们递了水果，让父亲在客厅里等着，自己则转身进了书房。

时间显得特别漫长。大概过了十多分钟，李老师才从书房里出来。他一脸高兴地说，他的作文不是抄来的，我在网络上查了好久，没查到同样的作文，而且我还翻了许多作文书，也没看到类似的作文。

李老师看了看我，又对父亲说，说实话，刚看到这篇作文的时候，我也以为他是抄来的，但结果证明不是，他的作文大有进步了。

父亲终于相信了我。从李老师家出来后，他把右手搭在我肩上，像个朋友似的对我说，要加油啊，我这都是为你好。

从李老师家回来后，我开始拼命地看作文书，认真完成每次作文，有时心血来潮还会主动写文章。只有我自己知道，我对李老师怀着怎样的愧疚。

其实那篇作文确实是我从作文书里抄来的，我没想到连李老师也没看出来。

直到小学毕业，李老师拍着我的肩膀说，小范啊，上了初中可不能随便抄一篇作文了事啊，要知道，不是每个老师都像我这样会撒谎的。

那一刻，我张着嘴巴，半天讲不出话。这无疑是我碰到过的谎言里最美好的一个。

黑暗如绸，黎明如镜

时隔多年，那年冬天的寒风依然如同刀片，刮着我稚嫩的脸。那年，我在镇里读初三。在一个黄昏将近的傍晚，班主任突然在班里宣布，成绩前十名的同学以后每周日早上七点前到校补课。对于其他尖子生而言，这仅仅是牺牲了睡懒觉的时间，但对于离校四十余里的我来说，这无疑是一个噩耗。

那年，我居住在一个叫向阳庄的自然村里。从家到校，得先走五里山路，再走十里机耕路，再坐半小时汽车。从那时开始，每个周日，我的起床时间便被定在凌晨四点。

周六晚上，洗漱完毕的我早早上了床。在调好第二天的闹钟后，我钻入被窝，等待睡意的来临。我生怕听不到闹钟声，临睡前再三告诉外婆，一定要在四点前叫我起床。直到外婆满口答应，我才安心躺下。然而，第二天的早起却如同一个怪兽，不停地吞噬着我的睡意。明天能起来吗，我迟到了该怎么办？我陷入自我追问的境地里，不可自拔。

我终究安然入睡，并且在凌晨四点准时起床。我下楼的时候，外婆已经烧好早饭。我连忙洗漱，然后坐在小桌子旁狼吞虎咽。至今我才明白，这么早的早餐在我的生命里并不多见。

我扒完饭后，收拾书包准备上学。等待我的，是伸手不见五指的漫漫山路。外婆给我准备火把，她告诉我，不要害怕，她会陪我走完这五里山路。

那或许是我生命里最难忘的场景。外婆举着火把在我前面开路，她时不时低头，检查是不是有火星掉落在路旁的松毛里。我像只柔弱的兔子一般，紧紧跟在她身后。她总是转过头问我，你能看到路吗，你能不能看到脚下的路。

凌晨五点，我终于走完五里山路。我上方的天空开始有发白的迹象。冷风忽然在这个时候吹起。外婆在路边生了一堆火，让我烤了烤手后对我说，乖孩子，接下来的路要你自己走了。我乖巧地点了点头，目送她消失在凌晨的山路里，眼泪突然涌了出来。

此时，天际已经发白，我依稀能够辨别出脚下的路。虽然路宽了，并且天色渐明，但没有外婆的陪伴，我忽地孤独了起来。我的两边是空旷的田野，那些立在田野中央的草垛如同火柴般点燃我内心的恐惧。为了甩掉内心的惊恐，我开始拼命地奔跑。等我跑完一半机耕路的时候，天色终于清明，我可以看清两边的田野和前方的路了，我心里终于开始舒坦。但为了不错过公共汽车，我依然选择一路狂奔。

在大多数时间里，我总能够按时到校。但碰上雨天，我就没那么幸运了。雨天，天亮的时间比平时整整晚了半个小时，这意味着我要多承受半个小时的黑暗。我实在不清楚，在那一年里，我目睹了多少黑暗，奔跑过多少黑暗的路，也不知道我到底哪儿来的勇气，去独自面对那么多的黑暗。

大半年后，我初中毕业，与黑暗为伴的日子终于告一段落。拿到中考成绩的时候，我大哭了一场，但我知道，那些黑暗里的奔跑终于有了回报。后来，我上了县里最好的高中，又上了大学。再后来，我当上了一名教师。

多年以后，外婆依然会向我提及那些年的黑暗。她满脸泪痕地讲述着我那年的艰辛与不易。我总是笑着安慰她，黑暗已经过去了。

如今回忆起来，那些黑暗给我的勇气，不比我在书中学到的知识少。那些暗色如绸的凌晨如同厚重的颜料，给我人生铺上了坚实的底色。我终于明白，其实苦难是一面镜子，从背面看是灰不溜秋的银液，从正面看却是明净通亮的玻璃。

葡萄告诉你

小时候，我家里穷，住的是四面进风的屋子。一到冬天，风就从泥墙的口子里灌进来，像无数把刀子划过肌肤。到了雨天，雨水从泥墙的口子里涌进来，我和外婆就把各种能装水的瓶瓶罐罐搬过去接水。

我曾经不止一次地抱怨我们为什么没有好房子。瞧瞧隔壁的房子，雪白的墙壁，透明的玻璃，屋内是那么的富丽堂皇。

每当这时外婆总是不说话，她的脸上流露出无奈而又怜爱的神色。她说未来只能靠我自己打拼，幸福只能由我自己争取。

每次我生日，外婆就给我煮一碗面，奢侈些的时候就给我加个鸡蛋。我不敢告诉外婆，我最想吃的是葡萄。每次我看到邻居吃葡萄的时候，都只能死命地咽口水。那水淋淋的葡萄如珍珠般悬在我的心头。

第一次吃到葡萄是在我 10 岁的生日那天。外婆从镇上买来一串葡萄，说是给我过生日。

我不可置信地看着袋子里的葡萄，其中有些已经有了发烂的迹象。尽管这样我还是欣喜若狂。我迫不及待地打开袋子，像看到一件从来没有见过却又梦寐以求的物品。

我挑那些上好的葡萄放在桌上，津津有味地吃起来。

这时外婆走过来，摸摸我有些发黄的头发，说，先吃那些发烂的吧，再吃好的。

为什么？我的眼睛睁得老大。我从来没吃过葡萄，当然要先尝尝好的喽。

外婆在我面前坐下来。语重心长地说，先吃好葡萄，你就再也吃不了烂的了。而先吃烂葡萄，你会觉得好葡萄是多么好吃。

外婆的话如暖流缓缓注入我的脑海中。我顿有所悟。后来的日子里，我一直很努力。多年后，我成了一个小有名气的经理，但是我从来不骄傲。

现在回头看，外婆教会了我多么深远的生活道理。

吃葡萄就好比过生活。如果你一开始就过着幸福的生活，往后你就经不起挫折。习惯了幸福，也许你会堕落。而如果一开始生活在艰辛之中，你就会努力地朝着幸福的方向游去，你会分外珍惜你得到的幸福。

十个鸡蛋教我的事

那年暑假，父亲带我到安顶山野炊。安顶山离我家不远，但我还是第一次去。细长的栈道从山脚往山顶延伸，像随意搭在山上的布带。山中有几段没设栈道的沙石路，又陡又滑，一不小心就有摔倒的危险，我只能以近乎爬的姿态前行。

不多久，我路遇一片低缓的岩壁，虽不陡，但足以让我胆寒。人们已在岩壁上凿出略微平坦的石道，但通过时仍须紧紧抓住岩壁上的岩孔。望着脚下的万丈深渊，我不寒而栗。

过了一个多小时，我们终于到达山顶。吃过午饭，父亲与住在山顶的一位老大爷聊了好久。我们临走时，老大爷拿出十个鸡蛋叫父亲带上。父亲客气了几句，便欣然接受了。老大爷往父亲的篮子里装了一些米，把鸡蛋埋进米里才放心地回到屋里。

走了一段路，父亲说："小子，这篮子你来拎。"什么？我简直不敢相信自己的耳朵，心脏突然猛烈地跳起来。他不由我分说，把篮子推到我眼前。我战战兢兢地接过篮子，眼泪突然掉了下来。

我觉得自己接了一个不可能完成的任务，一边走一边抹眼泪。父亲跟在我身后，默不作声。不一会儿，我就再次遇到那片岩壁，我站在崖边，像开跑前的运动员那样心乱如麻。我左手拎着篮子，右手紧紧抓住岩孔，每迈出一步都花了很大的勇气。通过岩壁后，我如释重负。“好极了！”我耳边传来父亲洪亮的声音。

我亦步亦趋地通过了又陡又滑的沙石路，小心翼翼地走完了栈道，终于到了山脚。我长长地舒了一口气，随即欢快地奔跑起来。我太高兴了，以致没留意路上的绊脚石。“嘭”的一声，我跌倒了。篮子在我一米开外躺着，我忙起身去看鸡蛋。十个鸡蛋已经摔坏了大半，我懊恼地捶胸顿足。

父亲没有怪我，也没有安慰我，只是意味深长地说：“攀登悬崖峭壁固然可怕，但走阳光大道也来不得半点马虎。”

19岁的出走

那是19岁的一个黄昏，我的行李已经准备就绪，乘着黄昏的光线，我的出走计划终于付诸实施了。

我坐上那辆期盼已久的车，背后的黄昏被抛得越来越远。我的心顿时如潮水般汹涌起来，我不知道汽车所奔驰的方向是不是我的前方，但这是我目前唯一能够逃离的道路。

过了四五个小时，汽车终于到站，我跟着人流茫然地下了车。这个陌生的城市，使我眼花缭乱，也使我顿生恐惧。或许我之前想得太过美好，这个城市并不能包容我的梦想。

在车站附近找了家旅馆，准备在这里度过异乡的第一夜。

匆匆地吃了晚饭，便赶回宾馆看电视。耳边忽然响起嘹亮的歌声，运气真好，刚来就碰到明星的演唱会。

我循声而去，看到了偌大的人群，黑压压的全是人，台上站着一个戴墨镜的中年男人。奇怪的是，舞台并不是很华丽，细听之下才知道这并不是明星。但是这并不妨碍我站在那里听歌。他的歌声太动听了，把我带到一朵又一朵的花瓣里，我从一个花瓣跌到另一个花瓣。我想，能唱这么动听的人，该有怎样的面孔啊。可是接下来的事情让我不知所措。

一曲完毕，他深深地鞠了一躬，原来他是个瞎子，面目甚至有些丑陋。再接着，一个女的上台了，她坐在轮椅上，拿着话筒，面容沉静。她的歌声同样动人，是那种经历了岁月的沉淀，带有金属质感的声音。不知为何，我竟然有些心痛，她的声音直逼我内心最柔软的角落。

表演完了，人群攒动起来，纷纷往台前挤去。走近才发现那是一只捐款箱，人们陆陆续续地往里塞钱。抬头看，我才发觉眼前挂着的一块红布。我被震撼了。

这是两个历经沧桑的人。男人原先在一家不错的工厂里上班，因为一次意外事故导致双目失明。厂里不但没有赔偿他，还把他赶了出来。男人走投无路，曾一度沮丧。在那些刚开始接触黑暗的日子里，男人想到了死。后来，经他的亲朋好友相劝，男人终于想开了，只要还活着，就能走出一条路。于是他开始拼命地唱歌，后来他遇到了志同道合的她。

她也是一个不幸的人，一场车祸夺走了她的双腿。受了他的影响，毫无音乐天赋的她开始学唱歌。两人颇有默契，合作起来竟然十分愉快。后来，他们遇到很多不幸的人，他们决定做点实事。于是，他们开始了一场又一场的演出。现在，接受他们帮助的已经有百余人。

我的内心早已汹涌。与他们比起来，我显得那么矫情。我仅仅是高考失利而不想面对家人和亲朋好友的眼神。我掏出身上的钱，一把塞进捐款箱里。我默默地看着他们收拾东西，直到他们上了货车，消失在我的视线里。

这次出走只持续了一个晚上，第二天我就回家了。我度过了黑暗的一夜，却捧回了一大束阳光。现在，我已经能够坦然地面对别人的眼神，大不了复习一年，或者找一所普通的大学吧。

18岁时的一次骑行

18岁的一个下午，朋友从他的叔叔那里得到了一辆破旧的摩托车。摩托车停在操场边，看上去既狂野又霸气。光远远地看着，便已感受到了速度的力量。我不禁浮想联翩，渴望感受速度带来的激情。

朋友似乎看透了我的心思，对我说："怎么样，这车虽然破旧了点，看上去还是相当霸气吧？"我不住地点头。他把钥匙交给我，叫我把钥匙插上。他已经多次驾驭过这辆车，所以理所当然地当起了我的教练。他替我发动了引擎，教我怎么起步，怎样挂挡、退挡，转弯时身体应该怎么倾斜……不过一会儿，摩托车便在我的掌控下低速行驶起来。

过了半个小时，我欣喜地对他说："我已经掌握基本的操作了。"他指着远处的一片草坪说："你去那里练练车技吧。"

那果然是练车的好地方，一望无垠的草坪柔软无比，即使摔倒了也不会受伤。挂挡、退挡，左转、右转，我沉醉在操控摩托车的乐趣中不可自拔。操作熟练了之后，我便骑着摩托车在草坪上驰骋起来。几个小时过去，我拍着胸脯对朋友说："经过一下午的练习，我的车技已经大有提升，明天我载你回家吧。"朋友高兴地答应了。

第二天，我骑摩托车送朋友回家。跨上车没多久，我就找到了在草坪上练车时的感觉，于是把车骑得飞快。我任凭迎面吹来的风打乱我头发，一边唱着歌，一边提高车速，感觉青春所有的激情都被我挥洒了出来。我越发觉得自己的车技步入佳境，索性将双脚放到了保险杠上，还对过往的行人吹起了口哨。朋友在后座提醒我，放慢车速，别骑得太快。我嘴上答应着，但丝毫没有放慢车速的意思。

过了一会儿，朋友提醒我，快到岔路口了，准备转弯。我说好，心里随即冒出一个让我激动不已的想法——我要漂移通过转弯，让朋友目瞪口呆。

转弯！朋友喊道。

好，看我的！

不好，速度过快。我非但没有表演出漂移动作，反而从车上摔了下来，摩托车被甩出数米开外。我与朋友双双躺在地上，一时间动弹不得。

过了一会儿，疼痛从各个部位传来，我的膝盖、胳膊都流血了，裤子被磨出了许多个窟窿。我努力想站起来，可怎么也提不起力气。过了十几分钟，我与朋友终于有站起来的力气，摇摇欲坠地去溪边清洗伤口。

等疼痛消失一些，我才与朋友费力地扶起摩托车。我可怜巴巴地看着朋友说："你来骑吧。"朋友果断地摇了摇头："还是你来。"我慢吞吞地坐上车，发动引擎，沮丧得再也没有此前的张扬与跋扈。

过了不久，我们进入盘山公路，山高、路窄且多弯。我小心谨慎地控制着方向及速度，不敢有半点马虎。花了很长时间，摩托车终于摆脱了盘山公路。我停下车，长长地吁了口气，心想如果不是刚才摔了一跤，不知道会在山路上出现怎样的险情。

如今我已近而立，可依然难以忘却那次骑行。我渐渐明白，人生中的许多伤痛、挫折其实是成长途中的必修课。它让我们变得自省、谨慎，从而避免遭遇更大的风险。我们所经历的伤痛与挫折，又何尝不是一次深刻的心灵启迪？

捡拾幸福的人

那天，我们三人一起吃饭，小 A、小 B 和我。酒过三巡，我们却无端地怀念起过往。

那时，我们三年级毕业。这意味着，我们再也无法在村校里上学。我们不得不作好住校的准备。

每个周日，我们提着家里早已炒好的菜，兴致勃勃地去上学。我和小 A 家境一般，黑乎乎的干菜和金黄的黄豆，已是家里最好的奉献。小 B 则不然，他家境颇丰。母亲一早就为他炒了新鲜的蔬菜。他的饭盒有三层，一层到三层，分别装着不同的饭菜。星期一到星期三的时间里，他可以享受到变换不同的美味。

小 B 总是躲开众人的虎视眈眈，一个人在角落里吃饭。我们自然无法享用到他那些鲜美的蔬菜。我们唯一的乐趣就是和同学们换菜。那些金黄色的黄豆总是在第一时间内被抢空。才过了星期一，我们的菜盒里便只剩下黑乎乎的干菜。而这个时候，小 B 的菜盒里依然丰盛。他总是往嘴里大口大口地塞着新鲜蔬菜。他的脖子总是鼓鼓的，嘴角总是油油的。每当这时，我们就异常羡慕，心想，要是我们也能吃到新鲜的蔬菜该有多好。

到了星期三，小 B 的新鲜蔬菜全部告罄，他的父亲总是在下午准时出现。

看门的老头喊一声，小 B，你爸爸送菜来了，小 B 就欢欣雀跃地跑出校园。等待他的，是又一盒新鲜的蔬菜。

而此时，我们的饭盒已经惨不忍睹。那些细嫩的干菜早已下肚，剩下的全部粗得无法下咽，有的，甚至已经发霉。我们只好把干菜放到饭盒里蒸，以此来改变自己的胃口。

这样的情况一直持续到五年级的第一个学期。第二个学期的时候，父母决定，给商店的老板交钱。我终于可以享受到美味的新鲜蔬菜。

那个学期，我们许多人都交了饭费。小 B 也不例外。我们沉浸在一片幸福之中，除了小 B。因为他觉得，商店里的菜不如家里炒的美味。

那时每一次吃饭，我都如此强烈地感受到幸福。

大学毕业后，我们单位聚餐，与我邻座的是一个年过花甲的老头。他边吃饭菜，边喊好吃，好吃，太幸福了。我们其余的人则连连摇摇头。因为，这个饭店的饭菜并不好吃。

后来，他给我们讲了一个故事。他小时候，白米饭是过年才有的东西。他 14 岁的时候，家里拥有了一小袋白米，这是家里准备请客用的。可他实在嘴馋，就偷偷拿了饭盒，独自煮饭吃了。父母发现后，狠狠地甩了他一记耳光。

他说，我永远不会忘记那个巴掌。你看，现在你们多幸福。

我们一时无语。我不禁想起年少时我们对新鲜蔬菜的渴求。看来，只有捡拾过幸福的人，才知道什么是幸福，才知道幸福的可贵。

我的朋友凯帝

凯帝是我的朋友，它和我一起支撑起那片纯美的天空。

凯帝是一条狗。我和它相遇时它还很小，只有拳头那么大，两只乌黑的眼睛和一个乌黑的鼻子特别显眼。它浑身的毛都软绵绵的，我就是被它柔软而好看的毛征服的。

那时我 7 岁，我把大部分的时间都给了凯帝。我整天把它搂在怀里，抚摸它绝好的毛发。它很安静，从来没想过要从我的怀中挣脱。它越乖巧，我越喜欢。有时它还会用温润的舌头舔舔我的手指，我感到很舒服，索性就让它舔舔我的额头、脸，还有鼻子。再后来，我顺便和它亲亲嘴，我妈拿筷子敲我说：“你这孩子怎么这么不上相，和狗都能亲嘴。”我觉得“狗”这个字在她嘴里颇有鄙视意味。

就算她打我，我也抱着凯帝不放。我把上好的肉和鱼偷偷地给凯帝吃。它很懂得感恩，总是拿乌黑的眼睛望着我。

晚上睡觉时，我把凯帝搂在怀里，但有些事情是那时的我所料不及的。当我发现被窝里有异味时，事情已经到了不可挽回的地步。我妈赏了我一记耳光，但是为了凯帝，我认了。

在我挨打时，它总用抱歉的眼神看着我，有时还在我身边转几圈，又到妈妈身边转几圈，“吱吱呜呜”地表达着它的不满。

几个月后，凯帝长大了不少，我几乎抱不动它了。我还是给它吃肉、饼干之类的东西，它依然在吃完后舔舔嘴巴，摇头摆尾地向我表达谢意。

我会在清晨的时候带它到山上，我们一起在草地上奔跑。它总是把我扑倒在地，舌头胡乱地在我脸上扫荡。有一次它边看着我边向后退，结果撞到了一棵小树，露水纷纷跌落。我捂住嘴，笑得喘不过气。

凯帝两耳一竖，摇摇尾巴，疯狂地冲过来把我扑倒在地。我知道刚才疯狂的笑声伤了它的自尊。

第二年我 8 岁，凯帝长得膘肥体壮。我不明白，妈妈怎么也和我一样毫不吝啬地给它吃肉了。不过这使我相当高兴，因为这样一来，我拿更多的肉给凯帝吃也不用挨骂了。

后来的一天，我和爸妈一起吃饭，凯帝坐在我旁边，专注地看着我。我手里的肉不时地进入它的嘴巴。我爸说：“你和狗有什么好玩的，以后别和狗玩了。”我说，我们是朋友。

有一天早上，我和凯帝满头露水地从山坡上回来。爸爸看见了就说：“叫你别和狗玩了。”我头一歪，走进了厨房。

客厅里的声音还在持续：“不过你以后再也不能和狗玩了。”“为什么？”我冲出厨房，歇斯底里地问。我的眼眶里忽然聚集了许多眼泪。

“因为这狗我要送人了。”他说。

“不行，我不许你把凯帝送人。”泪水漫出眼眶，我哭出声来。

他看了看我说：“我不是早和你说别和狗玩了。”

“你不能这样做，凯帝是我的朋友啊。”

“还朋友呢，我要把这狗送给我朋友，他会把一个工程包给我，这才是真正的朋友。你说你这朋友能帮上你什么?”

泪水更加汹涌，我觉得自己开始抽搐。

我拿起一个瓶子，嘴里喊着：“我要砸死你，我要砸死你……”但是瓶子被妈妈握住了，她顺手给了我一记耳光。

我看到凯帝在我面前汪汪叫着，它一会儿看看爸爸，一会儿看看妈妈。

爸爸把凯帝赶进笼子里，把笼子装到车上。我在屋子里大喊大叫：“混蛋，你们两个混蛋。”车子在我的叫声里远去。

定格在我脑海里的画面是这样的：凯帝在笼子里又抓又叫，车子启动后，它怔怔地看着我，嘴里不断发出“吱吱呜呜”的声音。

我的悲伤持续了好久。爸爸过来安慰我：“傻孩子，别难过了，爸爸能赚更多的钱，给你买好多玩具。”

那些曾经相遇的人

我曾经在农村租过一间房子。那时，我刚爱上文学，一直想过自由撰稿人的生活。可是房子租下来才知道，我的想法过于天真。整天窝在房间里，看着形形色色的电影，码不出一个字。眼看阳光一天又一天地从身边流走，我的心里不禁着急起来。

在这样的情况下，我遇到了老马。老马是村里的养蜂人，对他来说，一年当中只有春天和秋天是忙碌的。其余的日子，他几乎没有什么事。有时，他也去厂里上上班，但更多的时候他整天在村子的小路上游晃，与影子为伴。

老马是个经历丰富的人，年轻时他曾经走南闯北，去过很多地方。他坐在我身旁，一边抽烟一边跟我讲他的故事。他说年轻时最喜漂泊，于是直到现在没娶老婆。

在我如此寂寞的时光里，老马的出现无疑驱散了我内心的阴霾。我们一起喝茶，一起看电影，一起聊散落在光阴里的故事。

后来，老马带我去村里四处闲逛。在他的介绍下，我认识了很多人，慢慢地融入了村里的生活。但后来，由于我实在写不出什么，只好搬离农村。我搬家的时候，老马正好不在家，听说他有事到别的村去了。我顾不得与他打个招呼，上了车。

此后，我到城里上班，在城郊租了房子。我住处的附近有一个副食店，我总是去店里买烟买酒。老板叮嘱我，啤酒喝完后，把瓶子送回去。过了两天，我把空瓶子送了回去。老板惊讶地说，谢谢，太谢谢你了。我纳闷他为何如此惊讶。他说，虽然我要求顾客把瓶子送回来，但事实上很少有人会送回来，但大家都是邻居，我又不好意思问他们要押金。

仅仅是因为我把瓶子送了回去，老板便对我格外友好。有时下班，我路过副食店，老板便邀我在他家吃饭。在不上班的时候，我常常到店里与老板聊天。原来老板是社区里的干部，是个拥有二十几年党龄的党员。他跟我说起当前的时事、政策，后来居然聊到了文学。

说起来，副食店的老板是我在那个城市的第一个朋友。他妻子看店的时候，他便带我去公园里下棋，早晨的时候去江边跑步。

但我所在的厂很快就因为资金问题倒闭了，我不得不离开那座城市。厂里的车子派送我们回家的时候，刚好是夜晚，副食店的老板已经睡觉了，我往门缝里塞了一张纸条，匆匆作别。

这两个给我留下深刻记忆的朋友，在离别后居然没有再见面。在离别之后的今天，我忽然想起一些事情。生命中的许多情感并不是一个完整的故事，有许许多多的情感，如同幻灯片一样在我们的生命中经过，无疾而终。我们不必介怀，因为生活本来就是一个不规则的图形，充满变数，不然我们当初又怎会遇到如此的美好？

圣诞夜的火光

那是2009年的圣诞节。我和同寝室的一个单身男一起去郊区闲逛。我们决定沿着郊区的小路一直前行。

刚下过一阵雨，地上还有很多积水。我们边聊边逛，很是投缘。许久，眼前的景象越来越荒凉，但我们并没有停止的意思。意犹未尽之下，我们继续往前。

我们把自己置放在一片宽阔的田野中，忽觉心旷神怡。但我们很快发现，我们已经迷路了。

看看表，时间已经超过晚上十点。放眼公路，我们并没有发现的士的影子。

在一片宽阔的田野中，我们忘记了来时的路。我们试图往热闹的地方走。一团摇摇晃晃的明火忽然吸引了我的目光。我示意朋友往那火堆走去。

走近看时才发现，原来火堆旁是一个拾荒者。他的衣裳破旧，头发蓬松。他不断地把一些塑料袋和柴火放进火堆里。

他看见我们了。

嘿，小伙子，要不要过来烤一烤？他热情地向我们打招呼。

我愣了一下，很高兴地走了过去。

坐了一会儿之后，我问他今天生意还好吗？他怔了一下，脸庞好像忽然间活跃了起来。还好的，他说，捡了大概二三十块钱，已经卖掉一部分了，还有一部分在车里。

我说那就好。

他好像很高兴，从口袋里摸出一包烟，抽出两根，把一根递给我，另一根递给我室友。我想说我不抽烟的，但是我却鬼使神差地接过来抽了起来。他笑呵呵地看着我，无比高兴的样子。

抽完之后他的话慢慢多起来。他开始讲他自己的故事：他和一个姑娘的恋情；他骑三轮车的惊险经历；一天收入好几百的喜悦……

我很有耐心地听着，我觉得我上学时也没有这么认真地听过。

温暖的火光在我们脸上跳跃，我的心里是从未有过的温暖。

讲了好久，他像忽然想起什么似的问我，你要去哪里？我说我们是××单位的。我送你们，他说，现在这么晚没公交车了，这边估计也不会有出租车。我说我们自己走就可以了，说完我便打算起身。他在后面喊起来，我载你去，我把东西卸下来。我转身，看见他把车一横，车上的东西全部倒在地上。那一瞬间，我愣了，他该用多少时间才能把这些东西重新整理完毕？

他不容我们分说，把车骑到我们跟前，我和室友上了车斗。他弓着身子，卖力地踩着踏板，三轮车在黑暗中飞快地行驶。天气很冷，但我的心里热乎乎的。

到了单位门口，他把车停下来，笑眯眯地看着我们。我拿出钱递给他，没想到他坚决地把钱推了回来。等我想说点什么的时候，他已经消失在茫茫黑夜里。

我感到眼角有些湿润。这个寒冷的圣诞夜，他温暖了我们，这是我收到最好的圣诞礼物。或许他不知道这个节日，但我依然要对他说，节日快乐。

不打折的美

上初中不久，我的同桌就买了一个崭新的BP机，也叫传呼机。这在当时是个顶好玩的东西，不亚于现在的iPad。那玩意儿浑身深绿色，三个按键是黑色的，看起来玲珑精致。同桌熟练地操作着BP机，随着他的操作，BP机一会儿震动，一会儿低鸣，一会儿引吭高歌。有人给他打电话时，BP机会一闪一闪地发亮，并唱起欢乐的歌。其实我最羡慕的是，每当台里发来天气预报时，他的BP机就会嗡嗡响，接着他就兴奋地向我们宣布未来几天的天气。

我已经无法压抑想购买一个BP机的冲动。同桌告诉我学校附近的钟表店有的卖，只要50元。我平时比较节俭，所以存了点钱，但还差30元。无奈，只能向父亲求助了。

父亲略一思考，说过几天他亲自给我买。不不不，我等不到过几天了，我马上就想尝尝得到它的滋味。父亲很无奈，给了我30元。我飞奔而去，不到半小时就到了镇里。走进同桌所说的钟表店，老板告诉我只有一款黑色的了。我一心想买同桌的那款，但如今只能退而求其次了。我拿过BP机，付了钱就如获至宝般往家里跑。

见到父亲后，我准备开启BP机，奇怪的是一直没开成。我忍不住加重了手中的力量，这时，屏幕出现了一些类似颜料一样的色彩，我兴奋得要命，没想到紧接着，屏幕就裂了。后来才知道，我还没给BP机装电池。我感觉挨了一记闷棍，父亲看得火大，给了我一耳光，说：“你个熊孩子急什么，火急火燎地做事，总会把美好打折。”

父亲的话令我印象深刻。上高二时的一个周末，朋友想买些竹编工艺品，叫我陪他去逛夜市。夜市商业街是我们城市的一道风景，商业街很长，像条长龙卧在城市当中。

夜市里卖工艺品的店不少，逛了不多久，我就被一个竹笔筒所吸引。它浑身朱红色，身上刻有“书山有路勤为径，学海无涯苦作舟”几个字，字旁刻有几根翠竹。我想起初中时那次失败的购买经历，决定逛完整个夜市再决定要不要买。

继续往前走，看到的竹编品很多。一个竹绿色的原色笔筒跳入我视野。筒身上刻有一幅求学图，是用深浮雕的手法刻的。一个书生去赶考，他的书童挑着书，他们走在漫漫大道上。路边是依依垂柳。我瞬间被画的意境所吸引。竹筒的顶端有一个用细篾盘成的箍，像姑娘的发饰一般点缀着笔筒。相比头一个，我更喜欢这个。我叫老板给我留一个，准备回来时再买。逛完整个夜市，我没发现更好看的笔筒，于是就欣然买下。那是我比较满意的一次购物经历。

“火急火燎地做事，总会把美好打折。”父亲的话如钟鸣，时时萦绕在我耳畔，越来越觉得，父亲的话是生活经验的总结。许多时候，美好是让我们的急迫和鲁莽逼走的，从容、平和地追求，反而能收获更多。

第三章

用心生活过的时光

把“绿”打包到心里

我是从小与绿为伴的人。我少时居住的房子被绿色包围，左侧是浓郁的杜仲树，右侧是丛生的灌木，前面是茂密的竹林，后面是高耸的松树。上学前，我视野里除了绿还是绿。

也许因为少时在心里播下了绿的种子，以致后来绿之树在我体内茁壮成长。读初二时，我的教室在三楼尽头。我坐在第四组靠窗的位置，窗外是三棵高大的皂荚树。初夏时分，绿叶亮得晃眼。当中午的阳光在绿叶上舞蹈的时候，树上仿佛挂满了细碎的玻璃片。那种炫目的亮如同一面反着光的镜子，亮得我睁不开眼。有些不知名的鸟，常在枝叶间钻来钻去，晃动不停的叶子，透露了它们的行踪。那时有一些课无聊透顶，看窗外的皂荚树成为我最好的消遣方式。只要往树上看一眼，心中的烦闷就云消雾散。如果说树叶是清泉，那它早已浸透我全身的每一个细胞。我常因看树走神而被老师罚站。这让我可以更加心无旁骛地看绿叶，我常常望着树叶就进入虚空状态，仿佛自己是树叶上的鸟、蝴蝶或知了。

因为热爱绿叶，我甚至想在初中毕业后当农民。在树下休憩，在树下打盹的场景，总让我心驰神往。但这样的想法遭到父母的劈头痛骂。父亲说：“我们家啥都缺，唯独不缺农民。”也许我当时应该给他解释：我并不想当一心扑在庄稼上，不懂情调的老式农民，而是当既可以做着自己的事业又可以尽情享受田园风光的新型农民。但在当时，我说什么都是徒劳。多年后的今天，我开始明白，我当初所要的，只是一种情怀。

读完大学后，我留在城市工作。我回家的机会不多，且常陷在应酬、工作、感情等沼泽中抽不开身。

有一次，单位举行踏青。汽车开了一个多小时，城市的喧嚣终于被抛到脑后。翠绿的山、宽阔的田地徐徐展现。我体内沉默多年的因子又活跃了起来。我跳下车，伸开双臂大喊大叫，兴奋得旁若无人。

我们走在田埂上，新翻的泥土散发着醉人的芬芳。田里的麦苗油得发亮，刚发芽的土豆迎风招展。燕子在风中呢喃，层层叠叠的绿色扑面而来。我心中似有一条绿色的河奔腾而过，并带走积于我心中良久的污泥。那一刻，我心灵通透。

我突然明白，原来我一直喜欢的，是心的纯净和自由。如此看来，我必须把世间的“绿”打包到心里。

被忽略的月光

难得回家。吃了晚饭，村里的人陆续搬了凳子到操场上聊天。我也搬了一条凳子去凑热闹。

很晴朗的天气，天空很沉静，没有一丝云彩。月亮正从山头慢慢地爬上来，我看见月光从很远的田野边慢慢地向我们靠近。月亮爬得比树还高了，我完全沉浸在月光里。

月光下，暗香浮动，人影绰绰。有昆虫从空中经过，落下翅膀振动的声音。有风吹过，树木摇动，地上的影子也跟着摇晃起来。人们在讨论天气、畅谈今年的庄稼长势，年老的则边喝茶边讲故事。

月光下的一切都那么熟悉，一如我小时候，可是我已经多久没有享受过这样的月光？

有孩子从月光里钻出来了，月光点燃了他们的激情，他们人喊人叫地在操场上相互追逐着。我静静地看着，恍然如梦。

有人提议捉迷藏，其他孩子纷纷举手赞成。于是，草垛下、水沟里、大人的臂弯下便钻满了孩子。影影绰绰的月光让捉迷藏有了更加神秘的味道。

“你要来吗？”一个孩子天真地看着我问道。我愣着，还一时没有反应过来。

"你傻瓜呀，人家都大人了，才不会玩这么幼稚的游戏呢。"其中一个孩子说。

我的心一紧，忽然有了种伤感的味道。"我来!"我大声地喊。我竟然破天荒地和他们玩起捉迷藏来。

游戏开始了，我千方百计地往隐蔽的地方钻。该躲到哪儿呢？我一拍脑门，有了，爬到树上去。他们怎么也想不到我会爬到树上。我坐在枝丫上，晃着双腿看他们跑来跑去，心里得意得要死。最后，还是我自己主动出来。他们豁然开朗："原来你躲到树上去了，看来姜还是老的辣呀!"说完，我们一起大笑起来。事实上，这个过程是快乐的，沉睡已久的童趣正在慢慢苏醒。

后来，孩子们有些累了，他们一一和我道别，我竟然有些不舍。看他们的影子消融在月色里，我内心澎湃，这些孩子给我了一场多么美妙的月光啊。

我走在回家的路上，月光还是那么明亮，一如我小时候，可是我心中的月光呢？这么多的时间里，我心中的月光去了哪儿？

捡拾细小的温暖

我读大四的时候，Tank 的《非你莫属》忽然在校园里风靡开来。缠绵的曲调，深情的歌词，柔软的唱腔很快就征服了我。那些日子，毕业的伤感已经如潮水般漫延。我塞着耳麦，让心里的惆怅在潮水般的歌声里流淌。

懂得让我微笑的人 / 再没有谁比你有天分 / 轻易闯进我的心门 / 明天的美梦你完成 / 整个宇宙 / 浩瀚无边的尽头 / 每颗渺小星球 / 全都绕着你走 / 爱我 / 非你莫属 / 我只愿守护 / 由你给我的幸福 / 爱我 / 非你莫属 / 也许会笑着哭 / 但那人是你 / 所以不怕苦

虽然我没有深陷爱情，但心中的伤感和惆怅却一如 Tank。无数个黄昏，我行走在校园的小径上，听着 Tank 的《非你莫属》，心底一片潮湿。那些日子，《非你莫属》给了我很好的慰藉。我心里那些小小的感伤，如同小鱼般穿行在歌声的河流里。

6 月，大学生活已经接近尾声。我和许多人一样，背着包，拿着简历，奔走在一座又一座的城市里。找了许许多多的公司，遭遇了许许多多的拒绝。初出校园的锐气和梦想在一瞬间倒塌。白天，我顶着四十几度的阳光，穿行在大街小巷。夜晚，我望着繁星，守着初入社会的失落和迷惘。

走进宾馆，电视里不期然地出现 Tank 的《非你莫属》。依然缠绵的曲调，依然伤感的歌词，依然柔软的唱腔。

心里顿时释然，谁不会经历那么一段感伤与迷惘呢？看完 MV，听完整首歌，心里的感伤与迷惘已经渐渐消退。再次仰望星空，星星似乎没有那么暗淡了。

后来，我终于找到工作。初到公司的那些夜晚，孤独如潮水般席卷而来。大学的室友、大学的老师，曾经的欢声笑语、曾经的豪言壮语一遍遍地掠过我的脑海。

我拿了篾席，到楼顶的天台上躺下。耳边 Tank 的声音再一次响起。再一次听到他的歌声，内心竟然无端地生出些温暖。陪伴了我这么久，它似乎已经成了我的朋友。此刻，我的感伤，我的留恋，我的孤独，我的失落，都在它面前一览无余。

在歌声里，我缓缓地入睡了。醒来时，月亮正高挂空中。我起身回房，心里只剩澄净。

后来，工作越来越忙碌，我也很少有时间去听歌。只是偶尔会想起，这首歌曾经带给过我多少温暖，它曾经那么贴心地慰藉过我的心灵。

生命中，或许一首歌、一幅画，一个眼神、一个动作，一个路口、一个屋檐，都曾经给我们带来温暖。只有仔细地去捡拾这些细小的温暖，你的心里才会有太阳。

更动人的风景

那是一节体育课，有个女生忽然跑来对我说，有个男生把口香糖黏在她的头发上。我说，你把他叫过来。我为男生的恶作剧而生气，要知道头发被口香糖黏住是件麻烦的事。所以理所当然地，这个男生被我训了一通。他好几次想开口说话，但都被我凶恶的眼神给吓住了。他可怜兮兮地看着我，眼泪滴滴答答地往下掉。

等我的火气终于消了一些的时候，我问他，你为什么要把口香糖黏到别人头发上去？他抽噎着说，我并不知道口香糖黏在头发上会造成这么严重的后果，这是我第一次嚼口香糖。以前我老看别人嚼，于是我也很想嚼，但是我爸爸从来不肯给我买。这次买口香糖的钱还是我在路上捡的。他说着，眼泪又簌簌落下来。

他的话如一把利剑，击中我心底最柔软的部分。这个穿着邋遢的男生忽然间让我无比怜爱起来。

后来，我变得小心谨慎起来，每一次批评学生前总要先了解事情的原因。

我的规定是每天七点半之前要到校，但是我们班的一个男生却老是迟到。每次都是我要上课了，他才匆匆忙忙地进教室。

这一天，他甚至迟到了半个小时，我终于有些忍无可忍。我说，你为什么每天都迟到？

起先，他并不说话。过了一会儿，他说是因为做早点花了太多的时间。

什么？你自己做早饭？

是的。我爸妈说自己烧的东西卫生，同时也能节约点开支。

他们不烧吗？

他们上夜班，要早上八点才下班。

你是不是也为他们准备了早餐？

是的，我把早饭热在锅里。

你回到座位上去吧。我看着他瘦削的身影，顿时感到自己的渺小。我不禁后怕起来，还好，我没有不分青红皂白就对他进行声色俱厉的批评。要是真那样，我恨不得找个地缝钻下去。

还有一次，是我们班的一个女生没有完成作业。我把她叫到讲台上，我还没有开口说话，她已泣不成声。我笑笑，鼓励她开口讲话。她这才结结巴巴地说，我昨天听错了，我以为您是让我做课堂作业本。她以为我不信，忙拿出课堂作业本。我拿过来一看，只见作业本上字迹端正，书面整洁。我说，你已经很认真地完成作业了，老师不会批评你。她这才放心地回到了位置上。

我不禁为这群可爱的孩子感动起来。少安毋躁，你也许会得到更动人的风景。

把此刻当作一朵花来爱

有一次，我与几位朋友去远足，我们的目的地是安顶山。在山脚驻车后，我们开始步行。初夏时节，树叶绿得晃眼，阳光在绿叶上跳跃，绿叶中间或夹杂着几处红花。在初夏时分，这足以让我们眼前一亮。

拾级而上，绿叶总在不经意间挠我们的头，阳光似乎与我们玩着捉迷藏的游戏。再往上，我们陡然遇到一处绝好的风景。这是一片位于半山腰的草坪，它的平坦与宽阔让我们惊讶。很难想象，在如此陡峭的山上，居然有如此平坦的存在。我们不禁为大自然的鬼斧神工所倾倒，当即盘腿坐下。

几位女士朋友已经按捺不住心中的澎湃，拿出相机疯狂拍照。我们几位男士也兴致盎然，拿出啤酒助兴。山上风大，我们的头发被缭乱得如同台风中的稻草。面对蓝天、白云、山冈、草地，我们忍不住频频碰杯。

在我打算在此好好狂欢一番的时候，朋友劝我："我们还没到达目的地呢，先不要在这里浪费太多物资与体力，把精力留给目的地吧。"我认同了他的想法，于是向山顶前行。

我们终于到达山顶。那里十分开阔，我们可以望见山脚星罗棋布的村庄，看到悠悠飘动的白云，感受到拂面的微风，心中却再也没有在山腰时的激情。我们卸下装备，开始"安营扎寨"。晚上，有人建议搞个活动，但回应的人却几近没有。一位朋友忽然开口："我反而觉得山腰的风景比这里更甚。"一语中的。我们在山腰时认为，最美的风景应该在山顶，其实并不然。

看到过一个故事。上帝把一个人带到长满红苹果的果园里。上帝让他走进果园，摘一个苹果，但是不能回头。这个人进去了，看着满树又大又红的苹果很是兴奋。他刚要摘，却开始思考，前面一定还会有更大更好的苹果。他继续往前走，一边走，一边看，一边选，可是走到出口也没有遇到更大更红的苹果。他很失落，只好顺手摘了一个自己不是很满意的苹果。

我读初二那年暑假，学校要求我们全体同学到校补课。那是我人生中第一个不完整的暑假。虽然补课的时间只有 20 天，却让我有种望不到边的感觉。我坐在闷热的教室里，听着老师滔滔不绝的讲述，心里却在勾勒着补课结束后的潇洒日子。

因为是补课，老师对我们管得并不严。我们可以到宿舍楼后的杨树林里睡午觉，可以在就寝前到学校的自来水区冲澡。于是睡午觉与冲澡成了我们最期待的事。许多个中午，我听着杨树林上的风声入眠；许多个夜晚，我们在自来水区边的石榴树从里互相泼水。

补课终于结束，我们冲出校门，准备好好享受暑假生活。然而，除了看电视、做作业，偶尔与朋友出去玩外，我的暑假生活乏善可陈。我居然怀念起补课的生活来。

我们总期待前方有更多的美好，而对当下的一切不以为然，殊不知，我们正在享受的，已是最好的时光。握住手中的时光吧，把眼前的一切当作一朵花来爱。

播下名为坚强的种子

近段时间，关于五省旱情的新闻一遍又一遍地滚过我的脑海。孩子们布满污垢的衣裤、黑漆漆的脸蛋以及充满渴望的眼神，一次次地从我脑海里闪过。我的心里不由得滋生出片片疼痛。

是啊，这些孩子，怎能不让人心疼呢？

学校发给他们喝的水，他们舍不得喝，实在渴了，才打开盖子抿一口。一天下来，瓶子里的水几乎没有少去，他们要把剩下来的水带回家，带给爸爸妈妈喝。因为他们知道，爸妈已经好久没有喝水了。

灾难，使他们幼小的心灵忽然间成熟起来。放学回家后，第一件事就是跟着父母拿着水壶去挑水。他们要走长达四十多分钟的路，有的甚至要穿越长达 1200 米的悬崖。他们把挑来的水滤清，放在容器里囤起来，把干净的水留在家里，自己蒸饭的水则是从学校旁边的小溪里打的。与其说是溪水，倒不如说是黄泥水。所以，他们常常得把打上来的水放一段时间，等沙泥沉淀了，才能拿来煮饭。

父母在身边的孩子还算是幸运的，更辛苦的是那些父母在外打工的留守儿童，他们和年迈的爷爷奶奶或外公外婆住在一起。于是，找水和挑水的重担就落在了他们的身上。日复一日的挑水工作，把他们柔嫩的肩膀磨出了血泡。但是，当他们看着家里人有水喝时，脸上却绽放出了花一样的笑容。

一方有难，八方支援。当送水员千里迢迢地送来水时，他们热泪盈眶。他们不停地鞠躬，道谢。有个孩子细心地帮送水员擦去脸上的汗水，并拿出一瓶水递给他。送水员拒绝了，看着孩子羞涩的脸，他有种想哭的冲动。灾难，使孩子们学会了感恩。

面对记者的镜头，年幼的他们说，我们再也不会浪费水了，就算灾难过去了，我们也不会再浪费一滴水。他们说这句话的时候，眼神里充满了坚定。

是啊，这场灾难带给他们的是无以言说的苦难，但我知道他们已经在自己的心里播下了一颗名为坚强的种子。

度过一个溺水的灵魂

那是一个初冬的午后，我坐公交车准备回学校上班。我的目光百无聊赖地在街上游走。我看到了一对年轻的男女，男的顶着一头红得要燃烧起来的头发，穿着一件单薄的图形怪异的衣服。女的头发蓬松，穿一条很非主流的牛仔裤。他们手挽手朝车上走来。

我静静地看着，越发觉得这个男生有些眼熟。等他们上车坐定，我终于想起来，这男的是我们学校的学生，几年前毕业了。

嗨，你是俊凯？

男孩错愕地看着我，接着他欣喜起来，范老师？

是呀，我热切地跟他打招呼，你现在读几年级了？

他愣了一下，眼神黯淡了下去，说，我六年级只读了一个学期就不读了。

我靠在椅子上，努力搜索着关于他的记忆。记得那时我是校运动队的教练。他是校运动队的成员，铅球扔得很不错，跑步也很快。怎么就中途辍学了呢？

快下车的时候，这些记忆在我脑海中忽然清晰起来。我对他说，当初你铅球扔得很不赖，跑步也很快，是运动队里的佼佼者啊，记得一次市里的比赛，你还得了第一名，当时全校都轰动了。

他定定地看着我，眼神弥漫。

我又问他，你现在在哪里上班？

没有上班，他的脸涨得通红，说，只是这样混着。

我没有再说话。下车的时候，我对他说，有空来学校玩啊，我还是在原来的办公室。

好的，他用力地点点头道，范老师再见！他喊得格外清脆。我下车后他还探出头来，一直目送我离去。

我是在吃饭的时候，偶然和同事谈起俊凯的。他说，这孩子呀，没救了，上五年级就开始给班里的女孩写情书，后来又打架，偷别人的东西，几乎到了不可救药的地步。所幸六年级读了一个学期就退学了。

我的脑海里不断地浮现出那张充满朝气的面孔。我总觉得，那么阳光的脸庞不应该继续沉浸在阴暗中。

我给他写了封信，我并不奢望能带给他什么改变，我只是想尽力温暖他的心灵。

日子慢慢消逝着，我也渐渐淡忘了这个阳光大男孩。

再次和俊凯有关联是一年后的事了。门卫递给我一张贺卡，说是我的学生寄给我的。我欣喜地接过贺卡，竟然是俊凯的！

内容很简单，就是祝我节日快乐，说虽然我没有教过他，但是是对他最好的一个老师。

不久后，我又收到一封信。俊凯说他已经在一家公司找到一份工作，尽管待遇不是很好，但是他会脚踏实地地干下去。又说，他从来没有被人这样记起、这样肯定，很感谢我，是我让他意识到自己并不是一无是处，是我让他意识到自己不能再这样荒芜下去……

我不禁欣慰起来。温暖的语言如一叶小舟，也许不能承载太多的东西，但有时却足以度过一个溺水的灵魂。

看懂一场戏

晚饭过后，外婆对我说，去看场戏吧。看戏，我当然是一如既往地反对。外婆说，戏有什么不好的？就当陪外婆去看，也是应该的嘛。

我终究还是陪外婆去看戏了。她兴致很高，忙洗了碗，加了衣服，拿了板凳兴冲冲地跨出家门。

我们到的时候，戏还没有开始，但是场上已经坐满了人，大多是老年人。他们端正地坐在自己的位置上，专注地看着舞台。那样子，让我想起刚上学不久的孩子。

戏终于开始了。锣鼓声逐渐密集，老人们的眼睛也忽地有神起来。他们翘首观看，却没有一个人站起来。

我外婆找了个位置，也坐了下来。她拉拉我的袖子，示意我坐下来，别挡住后面的人看戏。

戏词很冗长，那压抑的颤音让我透不过气。外婆说，你仔细听，其实它的每个音都是不一样的。我静下心来，果然听出了其中的变化。唱词有高有低，有急有缓，这是我以前没有发现的。

只是几分钟的时间，我又有些按捺不住了。外婆拉着我的手说，快要入戏了，故事马上就要精彩起来了。她又说，如果听不懂她在唱什么，你可以看旁边的字幕。这时我才发现，舞台的两旁有电子滚动字幕。字幕滚得很慢，我盯了半天也无法知晓故事的情节。

外婆说，现在讲的是故事的前半部分，一会儿他的嫂子就要被抓入监狱了。她饶有兴致地看着，表情因了情节而悲喜。我看着神情忽悲忽喜的外婆，心里顿时一惊，外婆尚且能看出其中的情节，我却不能？

于是，我决定静下心来细看。戏的名字叫《西湖相会》，讲的是一个小男孩智救嫂嫂的故事。故事先讲小男孩儿时如何调皮捣蛋，又讲他和嫂嫂如何产生误会，再讲她的妈妈如何陷害嫂嫂，最后又讲他怎么大义灭亲救出嫂嫂。紧凑的故事情节，演员抑扬顿挫的唱腔，再加上旁边的锣鼓手天衣无缝的敲打，把这场戏推向了高潮。

外婆见我入神，便说，还没看出个大概呀？你们年轻人啊，就是静不下心。

我忙说，我看懂了，其实还挺好看的。

外婆脸上的喜悦陡地加了一层，说，能看懂呀，那说明你长大了，能静下心来了。

戏散场了，我的心里还久久不能平静。戏中小男孩的调皮、勇敢、智慧交替着在我的脑海中闪现。

看懂一场戏，需要你抛去浮躁，静下心来细细品味。这难道不是人生的最好状态吗？

垒起一个爱的窝

母亲打电话告诉我，今年有燕子来我们家筑巢了。母亲住的是老房子，每到夏天就有燕子在屋檐下筑巢。但是最近几年，燕子好像不喜欢光顾我们家了，只是在玩耍的时候偶尔过来一下。

趁着周末，我决定回家看看屋檐下的燕窝。

我一到家，母亲就沮丧地说："燕窝本来已经筑好了，可能我们常在楼上走的缘故，燕窝在几天后竟然掉下来了。"我听后很是黯然，好不容易回来筑巢的燕子，经过这次打击之后可能又不会来了吧？

吃晚饭的时候，几只燕子停在墙外的高压线上叽叽喳喳地叫着。我想，要是能再回来筑巢该有多好，可惜……

忽然，两只燕子飞到了我家的屋檐下。它们站在晾衣绳上，望着燕窝掉落的地方叽叽喳喳地叫着。我顿觉心酸。

对了，何不在屋檐下的房椽上钉几个钉子？它们的巢之所以会掉下来，就是因为缺少支撑啊。

我母亲马上去邻居家借梯子。我立刻去抽屉里拿铁钉和锤子。可是，我们家没有铁钉了。

这时，隔壁的邻居马上说："我家有，我上楼去拿。"说完，他上了楼。

他拿出一个塑料袋，精心地挑着，嘴里喃喃地道："得挑个长点的铁钉，最好还得多挑几个。"

一切准备就绪，我母亲扶着梯子，由我负责敲铁钉。几个邻居看到了，他们忙过来帮忙扶着梯子。他们说："燕子是吉祥鸟，确实得帮它们搭个好'地基'。"

"好了，终于好了！"邻居们齐声说，"如果它们愿意回来筑巢，这回保证掉不了了。"

第二天，我还没起床，就听到母亲惊喜地喊道："你们快看，燕子已经衔着泥土来筑巢了！"她还没说完，我就听到一群邻居围了过来。

我起来一看，燕子们正忙着垒窝呢！我笑了，因为我明白，我们也已经在自己的心里垒起了一个爱的窝。

那份恰当的关怀

工作以后，我越来越喜欢请父亲到酒店吃饭。父亲从小失去父母，吃着百家饭长大。长大后，他自己成家立业，后来便把所有心思都花在我身上。他说，他从小知道辛苦的滋味，所以一定要让我过上好日子。他天天早起晚归，为的就是能让我多享受点幸福。从出生到上学到工作，我几乎没有吃过什么苦，所有苦和累都让父亲承担了。

心想，父亲用自己的苦日子把我拉扯大，现在工作了，总得让他吃顿好的。

于是，我常常在周末或者假期，趁着自己有空，请父亲到酒店里吃饭。父亲很是激动，一直搓着手。在去酒店的途中，他心里一直忐忑，说，自己这样去是不是会让人看不起，又说，酒店里的饭菜会不会太贵。

到了酒店，服务员早早地从大堂里迎接出来，问父亲要点什么。父亲看着琳琅满目的菜谱说，来个青菜、豆腐、雪菜、茄子……你按着菜谱上的念就好了，服务员说。父亲瞅了瞅菜谱，说，这都是些什么菜，什么蚂蚁上树，什么一千个吻。

点了菜之后，我挑了个靠窗的位置让他坐下。他正襟危坐，目视前方。我说，你自然点儿，不用这么严肃。他干笑了笑，随即又恢复了原样。

吃饭的时候，他忽然流鼻涕，他把手往鼻子上一按，随即一股白花花的鼻涕破空而出。末了，他把手往桌脚一抹，又继续吃起饭来。旁边的服务员眉头紧皱，对我父亲的厌恶之情溢于言表。我父亲也感觉到了，他愣了一会儿继续吃饭。

我吃完的时候，父亲才吃了大半。他一边说，不能浪费了，要吃光，一边把每个盘子都收拾得干干净净。当看到其中一个肉盘里还有很多油汁的时候，他把盘子拿在手上，用舌头舔了起来。

服务员们被吓住了，不由得大笑起来。父亲继续舔，但他的脸分明红了起来。

从酒店出来后，我问父亲，味道还行不?

他摇摇头说，吃不习惯，下次还是去吃快餐吧。

我能感受到他眼里的落寞和悲怆。原先，我只是想让父亲吃点好的，却没有想到换来的只是他受屈的自尊和人格。

那以后，我很少叫他到酒店吃饭。偶尔周末或假期，我就和他一起到快餐店吃饭。在这里，他可以无拘无束地喝酒、吃饭；在这里，他可以无所顾忌地咳嗽、吐痰。

有时，孝顺无关贫富，无关贵贱，也无关格调，要的，只是那份恰当的关怀。

诺言是一份长久的牵挂

一个冬日的下午，忽然收到同事的一条短信。

知道今天是几号吗？

11 月 15 日，有什么事吗？

那得问你了。

我当下在脑海里细细搜寻起来，确定今天没有会议，也没有约会，便说，确实没事啊，难道你发错了？

她哼了一声，便不再言语。

回单位，经我软磨硬泡，她才慢吞吞地说，好像上半年有人说过，要送我生日礼物来着。我一愣，随即，灼热从耳根开始蔓延。

我确实曾经信口开河，要给她送生日礼物，但是过了这么久，我的诺言早已在细细密密的日子里消失殆尽了。我满脸歉意地看着她，她摆摆手说，如果你要弥补的话，就请我吃顿饭吧。

我满口答应，但是吃饭的时候，我一直没能把神情保持自然。

又想起今年的年初，哥哥带着他的儿子来我家拜年。小侄子一下车便问我："叔叔，我的遥控飞机呢？"

我一头雾水。

小侄子一本正经地说："去年过年的时候，你不是说要给我买一架遥控飞机吗?"他满脸期待地望着我。哥哥在一旁骂道："都多大了，还想着玩具。"

这时我才想起去年的事情来。那时我摸奖摸到一把玩具枪，小侄子见了很是欢喜，就拿去玩了起来。见他玩得高兴，我便说，这把玩具枪送你了，明年你来，我送你一架遥控飞机。

想到这儿，我顿时满脸通红。我怎么这么轻易地就伤了一个小孩子的心?或许，细碎的生活本就容易冲淡许诺时的喷薄，但是既然如此，又何必当初呢?

今年年初的时候，我到外公家拜年，他说人老了，经常背痛。我听后颇为感慨，马上拍拍胸脯说，今年我要给你买一个按摩器。外公乐呵呵地说，不用，什么苦日子都熬过来了，还怕这点小毛病。话虽这么说，但是他的神情显然是欣喜的。

如果不是前几天和外婆打电话，说起外公，我怕是又要将它抛诸脑后了吧。

追溯起来，这些诺言的起始都是一朵又一朵澎湃的情感浪花，只是在长久而细碎的日子里，我们没能让这些花朵持续地开放。

细想起来，诺言远远不是几个字的拼凑，而是一份责任，一份长久的牵挂。

人生的美好

一年冬天，我住在城北。我最常光顾的是菜市场旁边的一个早餐店。说是早餐店，其实不过是用尼龙布搭了个棚。若天气晴好，连棚子也可以省了。早餐店就在菜市场边上，在靠墙的位置，放了一个炉子，一个煤气灶，几张小桌子，几条小凳子。但我却分外喜欢这里的简单和随意。

摊主是个年过五十的妇女。她深知我的喜好，我一去，便给我捞了十个煎饺，然后准备煮一碗馄饨。我长时间光顾，已让她知道我的口味。她常常在煎饺上涂一些辣椒酱，在馄饨汤里放一些葱花。

很多时候，我起得早，刚好赶上上班高峰期。我所居住的城市不大，但在上班高峰期却很拥挤，哪怕小小的一个路边摊也是人满为患。她见了我，总是先给我装煎饺、煮馄饨。时间久了，我告诉她，我不用上班，你不用特意为我先装。

有几天，她实在忙不开，我就在她身旁当起了义工。她每次都要给我钱，我只好婉拒，要你钱的话，我就不会帮忙了。她把所有感谢都藏进微笑里，然后目送我离去。

那个冬天，我居然没有去过别的早餐店，起床洗漱完毕，便不由自主地往菜市场旁边的小巷里迈。

第二年，我换了住处，和菜市场相去甚远。我只好放弃煎饺，改吃菜包子。卖包子的地方就在我们小区的门口。老板夫妇都是年近五十的人，对人特别热情。我是认定了一个地方就天天光顾的人，所以和老板很快又熟络起来。每天起床，我都雷打不动地去买两个菜包，然后拎一袋温热的牛奶。

那时，我已在单位上班，我再没有闲情慢悠悠地对老板说先让他们吧，我不急。偶尔碰上周末，我会在店里坐下来，好好地吃一顿早餐，顺便和老板侃侃家常。老板是个善聊的人，我们总能聊得哈哈大笑。

有一次，我起床已很晚，恰好天下大雨，我拿着雨伞，夹着文件夹，狼狈得像只落汤鸡。而早餐店里正人满为患。我听见老板说，我先把包子给这小伙子，他要迟到了。说完，他把包子递到我手上，顺便替我整了整快要掉到地上的文件夹。我的心里掠过一阵温暖，继而走入雨中。

然后在那个小区住了没多久，我又回到城北去了。回到城北后，我照旧日复一日地光顾菜市场旁边的早点摊。那时，早点摊的主人刚好染了头发，看上去还不到五十。我说你变年轻了。她说，你都有一年多没来了吧。我很感动，每日面对无数顾客的她，居然还记得我。

我不知道接下来我会住到哪里，也不知道接下来我会遇到怎样的人。或许不久后，我又回到城南，又去吃热腾腾的包子。又或许，我会久久地住在这里，日复一日地吃着煎饺。

人生充满随机和无常，这大约和佛家理论相吻合。但不管怎样，我们的人生因为无常和未知而变得美好。

嚼馒头

我想，应该没有人会喜欢我们单位的早餐。几个白馒头，一碗稀饭，一碟小菜，便成了我们大多数时候的早餐。

本来从房间里出来的时候一个个都兴高采烈、满怀期待的，但是看到这些简单的摆设后，所有人都不免一阵失望。个别同志的肚子本来咕咕直叫，但是在看到白馒头和稀饭后竟然一声不吭了。我自然也是对这些馒头敬而远之，所以平日，我们的早餐都是在单位旁边的早餐店里解决的。那可口的早餐三下两下就滑进我们的肚子里。

记得那是一个冬日，我在生了一场大病之后，身体异常地虚弱。我懒得走路，就硬着头皮走进了单位的食堂。

一如既往地，几个白馒头，一碗稀饭，一碟小菜。我没想到那天的自己这么有耐心。我不紧不慢地坐下来，缓缓地拿起筷子，慢慢地喝了口稀饭，然后开始慢条斯理地咀嚼手中的白馒头。那天，因为身体本身的慵懒，我嚼得特别慢，我从来没有在早餐上花那么多的时间。

可是事实证明，我嚼得那么慢是对的。因为到后来，我竟然咀嚼到了馒头中的甜味儿。原来白馒头嚼到最后是甜的。我十分欣喜，并且越吃越来劲。喝口稀饭，吃点小菜，然后慢慢地咀嚼馒头。我细细地嚼着，嘴里溢满了甘甜的淀粉味。

从那次以后，我就常去单位的食堂吃早饭。我会选择一个靠窗的位置，在金色的朝阳里，摆好稀饭和小菜，然后开始我的细嚼慢咽。

同事们对我的变化感到新奇，纷纷问我，怎么不去外面的早餐店吃了？

我笑笑，说，其实餐厅里的馒头很好吃。

他们大笑着走开了，他们大概认为我那次生病后脑子不好使了。而事实上我是越来越清楚了，我很清楚自己是爱上了吃早餐时那种温暾的心态，以及细嚼慢咽之后的甜美。而且我发现可悲的是，现在的人竟然没有足够的时间或心情来好好吃顿早饭。我想，那些在外吃早餐的同事们大概也无法理解这一点。

心里装着一场雪

一场大雪，把城市的一切拉进了慢镜头。汽车行驶的速度变慢了，人们走路的脚步变缓了，就连街上的歌声似乎也慢了半拍。

人们走在街上，亦步亦趋，颇有些长征的意味。尽管格外注意脚下的路，但冷不丁的还是会来一个趔趄。周围的人并不熟悉，却毅然伸过手来，把你结结实实地接在手里。末了，还不忘送上一个关怀的笑容。心里顿时暖烘烘的，因为一场雪，人们的心联结在了一起。

雪纷纷扬扬地飘了一个下午，此刻好像还没有停下来的意思。人们只能撑伞前行。尖锐的伞角总是时不时地就碰到别人的衣服、身体，甚至是脸。因为心里都装着雪，所以这样的情况大家都可以理解。更多的时候，拿雨伞的人还没有说抱歉，被戳到的人已经笑着说没关系了。大家心里都装着雪，多好。

尽管下雪，路上依然车辆如流。只是，人们好像都不急着往家赶，平日烦躁的喇叭声顿时减少了。此时，司机们都懂得了避让，他们或许出于安全的考虑，或许担心车速太快，会把雪溅到别人身上。但无论如何，此刻，公路上没有一辆车风驰电掣。因为一场雪，大家都变得安静、谦让。

超市里，服务员为大家准备了放雨伞的桶，拍打积雪的毛巾；走进餐厅，最先迎接你的，是一杯冒着热气的开水；街上有人骑车滑倒了，马上就有人赶去把他扶起来……

因为一场雪，人们变得友好、宽容、谦让。如果大家的心里，永远装着那么一场雪，那该有多好！

用心生活过的时光

我家乡的树叶在秋尽时飘落，山野上枫叶披红，银杏戴黄，色彩纷呈。如果撇开我身边寒冷的空气，我会觉得春已来临。只是冷空气一味地提醒我，冬天已经来了。

幼时，我与外公外婆独居山上，所以有很多时间去感触落叶。鲜红的枫叶让我着了迷般地欢喜，也让我兀自忧伤。入冬后的某个下午，我听到簌簌的落叶声，连忙像追悔失去的时光一般奔跑出门，去目送离树的枫叶。有些树叶像是预知自己的离别，告别树枝，在空中转着好看的圈圈。也有一些树叶，因为冷不丁的一阵风而从树上跌落，还没准备好降落就匆忙坠在地上。我几乎能感知到它的叹息与惊慌。

那时，我常常牵着牛在树林里闲逛，有许多目睹落叶的机会。高兴的时候，我觉得那是树叶的舞蹈，难过的时候，觉得那是树叶决绝的告别。不知道为什么，我有时会对着落叶流泪。

在我与自然亲密接触的时候，我的同学们正在家里看电视、玩游戏，或者看录影带。

吃过晚饭，我便到野外晃荡。我外公有一杆猎枪，总在饭后去碰运气，看能不能打到山鸡。我当然不会放弃这么刺激的事情。

冬天的夜晚，山与树都成了剪影。在寒冷的晚风中，我和外公忍不住浑身哆嗦。外公扛着猎枪，我紧随其后。我们穿过田野，在小径上蹑手蹑脚地前进，又或在树下静静地守株待兔。

我突然明白，冬天有冬天的诗意。迷蒙的远山，清瘦的树枝，辽阔的田地，幽静的树林都让我无端地兴奋。冷风绕过我的耳际，留下冬的寒意。这一切，却让我心生温暖。如果恰巧月华如水，夜空之下的一切就会变得扑朔迷离。在那样的夜晚，我的胸腔充满温暖。

在白术盛产的时候，我便整夜与外公一起。我们一起守在烘白术的窑前，任火光在我们脸上跳跃。我们一起在临时铺成的床上打盹或酣睡；我们一起在三更半夜煮萝卜汤，烧糯米饭；我们一起在凌晨时分到树上摘野果。这些乐趣，又岂是看电视、玩游戏所能比？

后来，我住到了城里，与同学们一样，整天看电视、玩游戏，其实这并不比我在山上玩耍更有乐趣。我不由得想起了山野中那些时光，也突然明白，弥足珍贵的，都是那些用心生活过的时光。

活进旧时光

那时，我正坐在去县城的车上。抬头间，一个八十来岁的人已经上了车。我旁边的位置恰好空着，又是离车门最近，他毫不犹豫地坐了下来。

他时不时地转头看我，看得出，他此刻很有讲述的欲望。他终于开口了。

当年解放军住在我们村的时候，我还很小，他们总是表扬我有胆量，夸我有主张、有计谋。年少的我特勤快，劈柴、放牛、割草，样样都会。一天，我干活回来，刚好一个解放军路过我家门口，他问我愿不愿意入伍，我当然是满口答应。

你可以想象，他滔滔不绝地讲述自己入伍经历的样子。他说，打仗很激烈，子弹就从我头上擦过。但是我毫不惧怕，因为我知道，子弹呼呼响的时候还离我很远，如果等到嗖嗖的声音响起了，那你就得注意了。

车上的人已经表现出不耐烦的样子，有的人甚至直接表达了自己的厌恶，说，现在都 2011 年了，用不着你去打仗了。

他沉默了一下，指着窗外说，你看，就是前面那条山冈，我们曾经在那里和国民党打过一场战。说完，就是一大段的沉默。我可以感受到，他在尽量地压抑自己。我说，你继续说吧，挺有意思的。不说了，不说了，他喃喃道，你们估计都讨厌我说那时候的事。人老了，总是喜欢活在过去，喜欢活在记忆里，他说。我的胸口忽然掠过一些酸涩。说实话，在刚才的时间里，我并没有当好一个倾听者。

这让我想起我外公的一个朋友。每当我去他家玩的时候，他总是对自己的过去滔滔不绝。有一个故事，他足足跟我讲了三遍。

他年轻的时候，曾经和朋友们一起去贩盐。当时正值春天，阳光明媚。他穿了两件厚厚的衣服从家里出发了。他一出现，就被两个朋友好好地嘲笑了一番。朋友说，你这是去过冬吧？他笑而不语。到目的地的那一晚，天气突然返寒，当天晚上就下起了雪。第二天起床，路上已经铺满了厚厚的雪。因为出门前穿的衣服多，所以他现在安之若素。他的两个朋友则躺在旅馆里不敢起来了。最后，他先把盐挑回家，给两个朋友把衣服送去，三个人这才一起回了家。他笑呵呵地说，那两个朋友到现在还记得他。

他总是跟我讲那些泛黄的时光里的事儿。曾经的侠义心肠、曾经的花前月下、曾经的颠沛流离。

他并不仅仅对我一个人说那些散落在时光里的故事。但并不是所有人都像我这么认真地倾听。他们大多数人会说，那是过去的事儿了，还提它干什么，现在都 21 世纪了。他们不知道，不久后的他们也会走进旧时光。他们也没有想到，有一天，当他们向别人讲述那些旧时光的时候，别人也会说，那是过去的事儿，提它干吗呢？

不可避免地，我们都会走进旧时光，都会向别人讲述那些发生在我们身上的故事。因为那些故事证明我们曾经那么轰烈地存在过。所以，请在别人讲述旧时光的时候，少一些嘲讽，多一些理解和倾听。

绽放在春雨里的心情

春天的夜晚，起风了。几阵风过后，瓦缝上忽然漏下淅淅沥沥的雨声。一场春雨，如期而至。

即使没有倚在窗口，我依然可以想象这场春雨的样子。细细的，柔柔的，斜斜的。它们越过小溪，掠过田野，跨上屋檐，在屋顶为我奏一曲静谧的歌谣。沙沙的雨声，如此温柔，如此静美，我总是怀疑，这不是雨声，而是天使走过，在空中留下的足音。在春雨的笼罩下，我的脑海里经常会出现一双温柔的手，它轻盈地按动琴键，然后把舒缓的音乐缓缓地送到我耳朵里。

春雨，从来都是自娱自乐地表演，不需要蛙鸣的陪伴，也不需要雷声的助兴。寂静的巷口，宽阔的田野，高耸的树梢，都是它们的舞台。

终于忍不住，推窗而望。迎面而来的，已经不是凛冽的寒风，而是湿润的空气。我可以想象，这场挨了一个冬天的春雨，此刻的内心该有多么欢喜。沙沙的声音越发密集了，春雨频频地爬上我的窗台，试图与我诉说一个冬季的思念。我伸出手，任雨丝跳跃在我的掌心。那是一种入掌即化的温柔，快得我无法表达此时的欣喜与欢腾。

又躺回床上，聆听活跃在屋顶的雨声。我仿佛听到，春雨中，有种急切而轻柔的呼唤。在这种呼唤下，地下的小草正努力地挣开怀抱，树丛中的花朵正尽情舒展；小溪的喉咙正变得响亮，泉水的低吟正变得动人；地里的麦子正在拔节，远方的燕子正急急赶来。春天，总是要千呼万唤才能出来。

雨声悄无声息地停了。我能够预想明早的清亮和澄净。

在这个宁静的夜晚，我所有的心情都绽放在春雨里，就像春雨把它所有的心事都倒映在了我的心里。

总有些东西温暖你

奶茶

每当冬天来临的时候，我就想到了奶茶。约上几个朋友，带着闲散的脚步，去超市里购买。杯装的，咖啡味。当我从货架上拿下奶茶的时候，内心的欢喜已经开始跳跃。

于是，回来的步调更加轻快，心情也格外明朗了。

拆开包装，倒入热水，开始静静地等待。这时，氤氲的水汽已经开始蔓延。我拿了书，靠在床头，把自己浸泡在浓郁的书香里。伴着奶茶的香味，我穿行在一个又一个起伏跌宕的故事里，一边穿行，一边拨开挡住我去路的枝叶；伴着袅袅的水汽，踏过一个又一个唯美的意境，一边前行，一边捡拾掉落的花瓣。

在看书的罅隙里瞄了一眼，才发现奶茶已经泡好了。于是，啜一口奶茶，继续漫游在书的世界里。我的心情常常因了主人公的命运而悲喜，有时拍案叫绝，有时黯然伤神。我一直都以为，冬天的夜晚，没有比这更好的享受了。

豆浆

我女朋友和我同单位。她总是每天早早地就起床煮豆浆，煮好了就给我发短信。豆浆，简简单单的两个字，却足以让我兴奋得从床上一跃而起。匆匆地洗漱，然后像领奖状一样去她那里领豆浆。她常常用保温瓶装豆浆，因为这样可以让豆浆的温暖多停留一会儿。从她手中接过豆浆的时候，我总是莫名其妙地兴奋，然后捧着豆浆飞也似的跑到自己的办公室。

冬天，屋顶上满是白白的霜。我边喝豆浆，边看着瓦片上的银霜，感觉冬天仿佛也没有这么寒冷。那些霜，仿佛都在我掌心里融化了。

布鞋

早在初冬的时候，母亲就打电话告诉我，她已经开始为我纳鞋了。不到几天时间，鞋子就已经千山万水地来到了我身边。现在，它已经在我脚上。

母亲怕我冷，所以把鞋底纳得很厚。她又怕鞋子漏风，把针脚缝得很密。我站在凛冽的冬天里，时刻感受着来自脚底的温暖。我知道，这温暖来自母亲。每年给我纳一双布鞋，已经成为她雷打不动的惯例。

她总是说，卖的鞋子不保暖，自己纳的鞋子才厚实。母亲的手，总是为子女而操劳。母亲，注定是温暖孩子一辈子的火炉。

冬天，总是寒风凛冽；冬天，总是风雪仓皇。但总有些人或事能够温暖你的心灵。我们每一个人就是在一程又一程的温暖中度过的。

难忘那一声声低哞

我10岁时，我家养了一头牛，每当周末就由我去放。我深知这头牛的劳累，所以总是带它到草嫩的地方去吃。和我一起的小伙伴都把牛拴在树下，他们可以趁机跑到林子里采野果，跑到小溪里洗澡。我从不这样，我总是拉着牛绳，牵它到草肥的地方。我还要拿个拍子，给它驱赶牛虻和苍蝇。等它吃得差不多了，我就拉它去喝水。

我之所以这样，是因为它肩负了太多的重担。除了耕自家的几亩田，它还要负责别人家的田，我们需要它赚点钱来开销紧巴的日子。它每年产一头小牛，这就是我的学费了。

它很乖巧，每当牛绳断掉的时候，总是静静地等主人穿上再跑出去吃草。它不像别家的牛，一断牛绳就扬着尾巴四处撒野。

它和我很亲近，吃饱了就卧在地上，用粗粝的舌头舔我的手背，有时还用头摩挲我的身体。它东张西望，耳朵扑扇扑扇的。它总是安静地看着我，不时用尾巴拍打自己的身体。每当这时，我就想流泪。

有一年春天，邻村的王小二说要借我家的牛耕几天，每天一百元。我母亲用玉米饼把它喂得饱饱的，就让它出发了。

过了五六天，王小二来了。他说，牛正拴在村口的草地上吃草，让我们自己去牵回来。他给了六百块钱就走了。我和母亲急忙到村口看牛。

见到它的时候，我们傻了。它疲惫地看着我们，眼眶旁的毛已经被泪水打湿。它的肩被牛鞍磨出了血泡，屁股上到处是皮鞭留下的痕迹。再往下，牛腿处的伤口赫然显目。母亲哭了，她颤抖地抚着牛背，眼泪滂沱。

也是后来才知道的事。王小二借了我家的牛后就没日没夜地耕田，每天只给它吃一小捆玉米秆。有一天，下过雨，路很滑，牛在经过一片岩壁的时候摔了一跤，但是王小二依旧赶它去耕田，耕不动了，他就拿皮鞭抽。他不仅耕完了自家的田，还把亲朋好友家的田也耕了。天知道，这些日子，我们家的牛承受了多少皮鞭。

那几天，我们全家人都很悲痛。我母亲给它吃鲜嫩的草，给它吃金黄的玉米饼。周末，我带它去吃绿油油的草，给它驱赶那些叮在伤口处的牛虻和苍蝇。它的伤，终于慢慢好了。

后来，我们还是靠它耕田，还靠它给别人耕田的钱来抹平我们皱巴巴的日子。但是我母亲总要时不时地跑去看人家是不是亏待了它。

大二那年，家里再没钱供我上学了，母亲决定把牛卖了。客人来的那天，母亲又给它做了金灿灿的玉米饼。她一个一个地喂着，嘴里喃喃自语："快吃吧，以后恐怕再吃不到我家的玉米饼了。"

客人到了，我母亲去牛棚里牵牛。它像是预感到了什么，前腿死死地蹬住地，怎么也不肯出来。

母亲说："出来吧，你为我家已经付出很多了。新主人来接你了，你去为他效力吧，他不会亏待你的。"

牛还是没动，它用前腿死命地抵住门槛，牛角抵在门柱上。

母亲怎么也拉不动它。她转身到门外拿来一根木棍。回来的时候，她哭了，边哭边用木棍敲着牛屁股，喊道："出来吧，你去新主人那里也要听话，用心干活，不要撒野，主人不会亏待你的。"

它依旧没动，像孩子般低着头。终于，它慢吞吞地走出来了。它迈着沉重的步子，一直盯着我和母亲。它的眼角又被泪水打湿了。

买牛的付了钱就走了。母亲紧紧地跟在他身后，叮嘱道："你要给它吃鲜嫩的草，给它做黄灿灿的玉米饼，干活让它悠着点。"

送了一段路，母亲终于号啕大哭起来："走了，终于让我送走了。我送它的时候，它一直回过头来看我，都说牛是通人性的，它是舍不得走啊。"

许久，我们又隐约听到了它的低哞。眼泪，又一次涌了出来。

后来，我家再没有养过牛。

转眼许多年过去了，我的脑海里依然清晰地回荡着它的低哞。是它，扛起了我们最艰难的岁月，同时也让我明白，自己该肩负起什么。

从来不曾降临的黑暗

散会后，单位的一群人决定去饭庄吃饭。服务员很遗憾地告诉我们，二楼的包厢保险丝坏了，现在还没有通上电。我们顿感失落，但早已订好今天吃饭了，便也将就着上了楼。

黄昏很快就降临。桌上的菜和我们的脸一起，都融入了黑暗。尽管抢修人员在奋力抢修着，但电依然没有通上。

服务员给我们拿来蜡烛，给我们逐一点上。这样的烛光晚餐，远远在我们预料之外。桌上的菜变得朦胧而神秘，同样模糊而隐约的，是我们的脸。此时，我们每个人都沉浸在黑暗里，脸上呈现着最为自然的表情。

一边吃着，一边聊着，感觉气氛也挺好。大抵由于环境的缘故，大家的话语都开始伤感起来。其实，每个人的内心都有一片柔软的角落。此时，这片平时紧缩的柔软正在缓缓舒展着。

其中有一个同事忽然感叹起来，道，说实话，我当了这么多年老师，对得起每个孩子，却唯独对不起她。她指的是她的女儿。她说，每天我回家的时候，女儿都已经睡了，很多时候，我看着孩子的脸，泪水就忍不住地往下落。太多的事情，瓜分了我和女儿相聚的时间。周末，冷不丁地就会有工作，本来计划好的事泡汤了。或者某天开个会，把本来属于女儿的时间又剥夺了。

当她说完这番话的时候，声音已经哽咽。

同座的一个，是我们的组长，是平时挺严厉的一个人。她也不能从黑暗的感伤中幸免。她说，你们平时都觉得我挺凶。但是你们有谁知道我内心的纠结和矛盾。领导分给我的任务，我必须去完成，否则年终奖要扣钱。其实这些任务都是领导给的，而你们的怨恨却只针对我。说白了，我也只是一个干事的人，我既要面对领导的压力，又要面对你们的指责。我觉得自己真的挺不容易的。

我们无法想象她此时的表情，但我们从她微微湿润的语气里可以感受到她的无奈和辛酸。她也有家庭，也有自己的压力，只有在这一刻，我们才能真正体会到她的难处。一时间，餐桌上伤感汹涌。

最后一个发言的是我们的后勤部主任。他说，坐我这个位置是最烦琐的，大事看不见，小事时时有。每一个假期对我来说，都是不完整的。领导一个电话，即使是半夜，你也得赶到单位。事情做好了，所有人都觉得是理所当然，如果做不好，人人都会在背后议论。

餐桌上彻底沉默了。在这些纷扰的时光里，我们想到的实在太少太少。我们像一个旋转的陀螺，忙于生计的奔波。我们没有时间好好去体会别人的忧伤，体悟他人的不易。只有在这一刻，我们的心事才能静静地流淌。

正当我们沉浸在黑暗与心事的潮水中时，电来了。眼前顿时灯火通明，我们的脸又纷纷出现在彼此的眼前。大家一起说道，来喝酒，喝酒……于是，我们又忙碌起来，仿佛刚才的黑暗从来不曾降临。

秋虫鸣

阳光慵懒，秋风渐紧，天边灰蒙，落叶飘零。秋，终于越走越深了，我已全然感受不到夏的一丝一毫的气息。少了湛蓝的天空、热辣的阳光、浓郁的树荫，空间就变得无比宽阔，就像一个舞台，撤了帷幕，卸了道具，走了演员，便分外荒凉。

是深秋的傍晚，正深陷悲凉，却忽然听到远处的虫鸣，一如初夏的蝉鸣。一声接着一声，如同一个又一个正在调试的音符。我顿时有种时光交错之感。恍神之际，虫鸣却愈加嘹亮起来，“吱吱”的声音直抵耳膜。

天色渐黑，虫鸣越来越密集。远处的树脚下，田埂上；近处的草丛中，墙根里都是虫鸣了。虫鸣虽然不免单调，却也是高低有错，粗细不一。有高亢得能令你想到隆隆飞瀑的，也有低沉得能让你想到缓缓流水的。有粗犷得能令你想到北方沙漠的，也有细腻得能令你想到江南水乡的。密集的虫鸣如一张细密的网，把我稳稳地托住，高高地抬起，又将我轻轻地放下。这样听着的时候，秋，似乎也不那么荒凉了。多亏了它们，给秋抹上了一缕暖色。

夜晚，我躺在床上，凉风侵入我的被子。窗外的虫鸣一如既往地缠绵。要不是窗前清冷的月光，身上微冷的秋风，空中叹息般闪过的落叶声，我还真以为自己正身处初夏。嘹亮的虫鸣，让我在深秋的夜里有了春天般温暖的幻想。

我不禁担忧起来。几天后的它们会在哪儿？是钻到地底下冬眠，还是任自己的躯体风干在秋天里？不管怎样，属于它们的时间正在缩短。一个月，半个月，十天，五天……我无法想象，没有虫鸣的秋夜该有多么荒芜。

又有谁能在桑榆之光里如此镇定、如此从容？它们的声音依然清亮，我不能从中听到时光悄然来临的声音。这一切，对它们来说，似乎并不重要。它们关心的，是如何让自己的声音继续下去，如何扛起这个单薄的秋天。

夜已深，虫鸣渐渐稀落。我推门走进秋夜，身上的冷意顿时又加了一层。静静地立在草丛中，感受着虫鸣带来的心的震撼。此时，我的心中除了感动，就只有崇敬了吧。

人生是一段挤出来的时光

挤出来的时间，多半是美好的。第一次有这样的感觉，是在小时候。我记得有一回，母亲叫我去买酱油，家里没什么酱油了，但还不至于影响当天中午烧菜。我拿起钱，噌噌噌往村口的小店跑。

回来时，我突发奇想，想去看看南瓜花。我家的南瓜种在村子对面的山坡上。那天，夏日的艳阳高照，南瓜叶绿绿的，仿佛被人涂了颜料，黄灿灿的南瓜花引来了很多大黄蜂。它们嗡嗡地飞着，在花丛中流连。有些南瓜花开得正艳，有些则已经败了，结出了青涩的小南瓜。那天中午，我在瓜地里看了许久的南瓜花，还捉了好几只大黄蜂。

多年后，我总会想起那次看南瓜花的情景。之所以难忘，大概因为那是我挤出来的一段时光，如果我买了酱油直接回家，就无法遇见那片南瓜花，也无法看到戏花的大黄蜂。因为挤出来的时光在计划之外，所以收获也自然是额外的。与挤出来的时光相遇，恰如在平凡的路途上偶遇一朵鲜花。

长大后，尤其喜欢唐代李涉“偷得浮生半日闲”这句诗，常会挤出一些时间，去放松心情。有一次，我去采访一位企业家，采访完毕已是下午四点，回家还早，便打算到郊区的山坡上走走。

那是一个有砖瓦厂的地方，一排排烧制成型的砖头整齐地立着，工人们正有条不紊地各司其职，拖拉机的“突突”声声声入耳。太阳不似中午那般晃眼，我躺在松树的阴影里，内心愉悦而辽阔。不知李涉路过鹤林寺时，是否也是这样的心情，但偷闲的愉悦大抵不言而喻。偷闲的时光，无工作之烦琐，无案牍之劳顿，无人际之险要，无尘世之喧嚣，其因为有脱俗感，与现实生活有距离感，而分外美好，正如我小时候看南瓜花的情形。偷闲的时光是一段无瑕的、纯粹的时光，所以有时不免想，如果一生都处于这样的时光，该多好。

有一次，在QQ群里聊天。同学突然爆出一个重磅新闻，说一位曾在我们班旁听的同学出车祸了。我心里咯噔了一下，瞬间被浓雾包围。我依稀记得那是一位长得很壮实的同学，当过兵。他原先在我们学校读大学，后来入伍，退伍后又回校学习。我们相处的时间不过两个多月。听说他毕业后在一所小学教书，在回家的路上发生了车祸。

心像被一只巨大的手拽着，有说不出的紧张感。突然发现，生活中的琐碎、忙碌，只是成全了偷闲时光的美好。而在时间的洪流中，人一生的时间不过尔尔，不知何时，这段时间就会被终结。人生，也不过是时间洪流里的一段“偷闲”时光。我们对待它，或许可以像对待一次旅行。

在人生路上踩出脚印

我正在房间看书，一个电话把我召了出去。约我吃夜宵的是我的一位女性朋友。她刚和男朋友闹了点情绪，美其名曰要通过我去了解男人。

她一边大口地吃着油炸食品，一边问我，男人是不是都抱着玩玩的心态谈恋爱。

事情不复杂，只因她男朋友的一句话。他们在林间小路散步，她一脸温柔地问，你爱我吗？他回答，爱。爱多久，会永远吗？他噎住了，直直地回了句，我只知道现在很爱。他的回答瞬间弄坏了她的情绪，并引发她思考刚才问我的问题。

说实话，我觉得这位男士的回答并无不妥。谁能把握永远的事情？有多少人说着我永远爱你，最后爱火渐灭，或移情别恋。恰恰是他的理性，让我的女性朋友苦恼。“我只知道现在很爱”，所传达出的其实是活在当下的生活态度。

过去的已成往事，未来的还未来临，只有当下才是正在经历的，才能真正驾驭。“现在很爱”，已经饱满了当下的时光。

我们太多人，往往过于沉醉过去，过于期待未来，反而对当下的时光熟视无睹。

据说，天堂有一位双面神。有一天，上帝问他，你为什么有两张面孔？双面神回答，一面可以回视过去，汲取教训；一面可以展望未来，充满希望。上帝问，那么最有意义的现在，你注意了吗？双面神一愣，我只顾着过去和未来，哪还有时间管现在？上帝说，过去的已经过去，未来的还没有来到，我们唯一能把握的就是现在。你无视现在，那么即使你对过去和未来都了如指掌，那又有什么意义？上帝于是把双面神赶出天堂。由此可见，上帝也是支持立足当下的。

我最难忘的一次出游是江苏苏州之行。我在网上看到苏州的美景，当即表达了想去苏州的想法，没想到办公室三位同事当即呼应。那天是周五，我们下了班便往火车站赶。

那是我最仓促的一次出游，也是我最难忘的一次。多年后，我们几位同事各奔东西，但聊起苏州之行，却觉得宛若昨日。

后来，我们一直想再来一次说走就走的出游，遗憾一直没能动身，结果都虚度了时光。如今想起苏州之行，被自己当时的激情所感动。令人难忘的，往往是奋不顾身的饱满岁月。

我的一位朋友，常做一些令人觉得疯狂的事。有一次晚上十点，他在朋友圈发动态，说想去金华吃龙虾，结果十一点半发第二条动态时，他已经快开吃了。我给他点了个赞，只有我自己知道，那是发自内心的赞。李宇春有首歌，叫《再不疯狂我们就老了》。的确，时光很快会消磨我们的激情和勇气，但如果握住手中的时光，想疯狂的时候就疯狂，那又何有“老了”之说。

握住掌心的时光吧，不念过往，不期未来，只把手中的时光织成锦缎。在时光长路中前行，就要在走过的每个地方都留下清晰的脚印。有一天你回头，会发现走过的路原来那么辉煌。

第四章

贫瘠的生活，也能开花

“傻”生活，快乐多

常常听我的同事讲起她父亲。因她不厌其烦地讲述，我得以在脑海里形成她父亲的立体形象。

年轻时，他是小学教师。当时，他的月薪是30元，但他把大部分工资拿来资助上不起学的孩子。那个年代，乡下鲜有孩子阅读的书籍，他便省下生活费，给孩子们买书。有一年放寒假，他的口袋里仅留有回家的车票钱，但临走前看到一个赤着脚的孩子，毅然为孩子买了双鞋。结果，他没钱坐车，只能在雪天步行回家。

回家后，他妻子骂了他一顿，说这世上最傻的恐怕就是他了。他一声不吭，吃了饭便上床睡觉了。

几年后，他收到一名学生的信。学生在信里谈了自己高考屡次未考中的无奈与沮丧。他便回信鼓励他，几乎每周一封。到第二年，他竟然跑到学生家，陪学生一起复习功课。很难说是什么原因，那名学生居然考上了大学。

后来，那名学生大学毕业，参加了工作，对他如同亲人，隔三岔五地来看望他，有时拎着新鲜的蔬菜，有时拿着精心挑选的礼物，有时什么也不拿，单纯与他聊聊天。

他退休之后的生活可谓丰富多彩，时常有学生来陪他拉二胡、画画、下棋、聊天。有时他在街上碰到卖菜的学生，菜篮里便会多出一捆菜；有时碰到卖水果的学生，怀里会多出几个水果。事实上，他当年根本不曾期待过这样的情景。

当年拿工资资助学生时，他想，自己饿不死就好，孩子不上学，那可是一辈子的事。当年拿车票钱给孩子买鞋时，他想，走路回家没关系，至少自己穿着温暖的鞋子。

我的同事说，她父亲一辈子都很乐观，几乎没有忧愁的时候。有一次，他到菜园里施肥，有人偷喝了家里的酒，他说喝就喝吧，有人喜欢喝自家的酒是好事。买东西时被卖家坑了钱，他说坑就坑吧，人家赚钱也不容易。

这就是他的“傻”。然而我认为，这种“傻”是一种境界，是一种不计付出、看透一切的豁达与淡然，是一种“善利万物而不争”的超凡与脱俗。事实上，善出者善返，福往者福来。心够宽，才能装下更多快乐。

风铃声声

夏天的时候，我去朋友家小住了几日。朋友以前是一个拾荒者，现在又开了个废品收购站，夫妻俩天天奔波在日晒雨淋中。好的时候一天赚个一百两百，差的时候赚个五十六十。夫妻俩供着两个小孩，日子不算富裕，但凑合着也能过。

朋友把我安排在二楼，他说，二楼空气比较好，临窗能看到城市的溪流，夜晚还可以听见溪边树上的蝉鸣。我不禁为朋友的生活态度感动起来。

小酌了两杯，朋友的面色有些红润。他让老婆看着店，自己则陪我上楼。他利索地在地上铺了一张床，和我并肩躺下。

午后，起风了。我的头顶响起了一连串叮叮当当的响声。我睁开眼，才发现是一长串风铃，这是他用捡来的铝制品打造的。他喜欢午后在地上眯一会儿，当有风吹过的时候，风铃就会叮叮当当地响起。他说，这是临溪的房子，当风铃响起的时候，他就觉得自己到了海边，海风正慢慢地从脸上经过。

我不禁惊叹起来。朋友颇为自嘲地说，虽然喝的墨水没你多，但我还是挺会享受的一个人。

傍晚的时候，我和朋友坐在地上看书。他这儿有许多书，其中不乏中外名著。这时，门口挂着的风铃响了，朋友说，我老婆回来了。过一会儿，果然看见他老婆笑盈盈地走了进来，手上还拎着刚从菜场买来的菜。

晚饭快烧好的时候，又是一阵铃声。朋友马上抬起头说，这两个兔崽子回来了。说完，两个活泼可爱的小孩已经奔了进来。朋友马上对孩子介绍说，快叫叔叔，这位叔叔是爸爸小时候的同学，是个大学生，你们以后可得学着点。

我问朋友，你怎么能这么准确地判断来人呢？

朋友说，其实我只能准确地判断自家的人。我老婆进来，通常是拨动一连串的风铃声，而这两个小兔崽子进来则是断断续续的风铃声。原来，这是他们心照不宣的信号。我又一次被感动了。

有一天晚饭，朋友的妻子回来得比较晚。朋友早已做好了晚餐，他歉疚地对我笑笑说，我们一起等风铃响起吧。

那一刻，我眼眶有些湿润，这或许是我听到最真诚动人的一句话。

几日后，我告别朋友，我想，我已经带走了美妙的风铃声。

在回家的路上，我又一次想起那天他和我并肩躺着时说的一句话，他说，只要听到风铃声，哪怕生活再困顿，我的内心也会窗明几净。

给生活加点音乐

一日，父亲叫我给他找个修鞋店。我在城里绕了一圈，终于找到一个。修鞋人六十左右，戴着一副大大的老花镜。

我把鞋递给他。他细细端详了一番说，鞋子不错，只是脱胶了，胶水就在旁边，自己动手吧。

我一手拿着胶水，一手拿着鞋子，无所适从。他终于忙完了手中的活，推推眼镜望着我说，到底是年轻人，这活果然不会。

我被这话逗乐了，心想，这是一个和蔼幽默的老头子。他叫我把鞋放在地上，把胶水往脱胶的地方滴，另一只手按住胶水滴过的地方。我把鞋修好了。我问他多少钱。这回，他乐了。他说，鞋子是你自己修的，干吗要给我钱。

这时，他的活已忙完，除了我，摊位上只有他一个人。他忽然从背后拿出一把二胡，拉了起来。他试了试音，马上进入了状态。过一会儿，他已完全沉醉其中，眼睛微闭，脑袋左右晃动。

我发现他拉得很是不赖。许久，他停下来。我说，你拉得不错，很好听。他有些自嘲地摆摆手，说现在老了，拉不动了。

不出我所料，他果然向我说起之前的故事。他从小喜欢拉二胡。在他很小的时候，父亲便为他买了二胡。他勤学苦练，很快把二胡拉得有模有样。年轻的时候，他是村里戏剧社的成员。那时，他和社里的人翻山越岭，到各村去演出。那时的场面壮观啊，他眯着眼睛说，台下全是观众，老的少的，男的女的都喜欢听。他在幕后，尽情地拉，台下的观众时不时地发出热烈的掌声。他说，在我们镇来说，我的二胡算拉得好了。

后来，因为戏剧社不景气，他所在的戏剧社解散了。再后来，其他村的戏剧社也纷纷解散了。他决定外出谋生，便来到这个城市。

刚到城市的日子，他的艰苦可想而知。他整日东奔西走，只为能够找到一个便宜又实惠的住处。在没找到住处前，他的夜晚是在桥洞里度过的。但每个夜晚，他总不忘拿出二胡，拉上一番。修鞋摊刚摆成的时候，他的生意很不好，有时一天下来还不够自己的饭钱。更要命的是，他受到同行的排挤，有一次他居然被人打了一顿。在那些日子里，陪伴他的仅仅是身边的二胡。

他跟我说，二胡声响起的时候，我就觉得生活还是很美好的。那个时候，所有的苦难都会抛诸脑后。

临走的时候，老头子告诉了我一个好消息，他说他所在的社区准备在下个月举行一场演出，节目组还聘请他去拉二胡呢。

我由衷地为他感到高兴。回来的路上，心里很是感慨。因为工作，因为情感，因为交际，我们常常把自己搞得一团糟，有时甚至颓废沮丧。我们一直忘了给自己的生活里加点音乐。

记得来时的路

某年冬天，我在一家建筑工地上班。在那些晴好的日子里，我负责放线、打样、监督工人施工等工作。

我的老板是个随和的江南人。他虽然经常出入高级酒店，但平日里常常和我们聊天。他喜欢和我们拉拉家常，喜欢和我们开一些低俗的玩笑。

冬日的一天，他忽然对我说，走，咱们上浴室洗澡去。

我惊愕地看着他。我承认，有那么一会儿的时间里，我以为自己听错了。但他坚毅的眼神告诉我，这不是一个随便的玩笑。

我马上开始收拾东西。我收拾完毕的时候，他也一切准备就绪。

浴室里雾气弥漫，空气中充斥着各种洗发露和沐浴露的味道。老板随便选了个位置，便在洗澡间外面做起了高抬腿运动。

我愣在原地，眼神中的惊疑无以复加。

他说，这是洗澡前的热身运动，只有把身体弄热腾了，洗澡时才不会觉得冷？

什么？你是说要用冷水洗澡。

老板毅然点了点头。

我当然没有这样的勇气。我走进洗澡间，打开喷头，调好水，准备享受一场温热的淋浴。老板也进门了。耳边忽然传来他杀猪般的吼声，接着他大叫，爽，用冷水洗澡真是爽死了。

回来的路上，老板递给我一根烟，说，你大概很纳闷我为什么喜欢用冷水洗澡。

接着，他讲起了自己小时候的事。之前，我并没有想到，如今家财万贯的他，亦有如此寒酸曲折的童年。

他 8 岁的时候，母亲嫌家里太穷，毅然决定跟父亲离婚。离婚后，母亲跟了一个有钱的商人。从那时开始，他便知道，往后的路只能由他和父亲一起走了。父亲身体不是很好，无法干体力活。于是，父亲成为众多拾荒者中的一员。为了多攒点钱，父亲总是风雨无阻地出去拾荒。面对庞大的生活开支，父亲的收入总是显得杯水车薪。父亲的药费，他的学费，家里的柴米油盐，生活的刀刃残忍地分割着父亲的收入。

他很懂事，一旦晚上或者周末就帮父亲整理垃圾，给垃圾分类。他经常把自己搞得浑身臭烘烘的。很多时候，同学们看到他靠近，就纷纷用手捂住鼻子。

他想去浴室里洗个澡，但是他知道，家里的钱不允许他常常去浴室洗澡。他一咬牙，决定用冷水洗。于是，在此后的很多个冬天里，他一直重复着这些事：洗澡前，他拼命做高抬腿运动，拼命搓热自己的身体。然后，一头扎进冷水里。从那时起，他就发誓，一定要混出个名堂。

多年后的今天，他已经是一家建筑公司的老板。但是，他始终没有忘记父亲佝偻的身影，也没有忘记寒冬里的冷水澡。

他拍拍我的肩膀说，人成功之后往往容易忘记自己来时的路，容易不思进取。而每一次洗冷水澡，都让我醍醐灌顶，它提醒我要清醒，要奋进。我想，我们每一个人都需要一个生命的闹钟。

他说完，转身走入黄昏里。那个黄昏，却深深地刻进我的脑海里。

垒起幸福之墙

一早，外公给我打来电话，他兴奋的声音在我耳边跳跃："你说妙不妙，一大早我发现棕榈树下有一窝鸡蛋，我说那只母鸡怎么好久不下蛋了，原来下到棕榈树下了。"他朗声笑着，似乎发现了天大的秘密。

我对此颇为淡漠，可是听筒里外公的声音却越来越兴奋："你知道我怎么发现这窝鸡蛋的吗？早上起来，我照例去屋子旁边的树林里闲逛……"他兴致勃勃的叙述被我扼杀在起始状态，我知道如果不适时止住他的话题，他能没完没了地在电话里讲个几小时。

在挂掉电话的一瞬间，他显然还意犹未尽，听筒里隐隐传来"这事太妙了，我居然发现了一窝鸡蛋……"的声音。我能想象他此时满脸笑容，露出洁白假牙的样子。

其实，我的外公是个可爱的老头，外婆老是说他长不大，像个小孩儿。小时候，我住在他家。有一天我睡得正酣，外公突然叫醒我："快起来看，我发现了一只大蜗牛。"我睡眼惺忪，但听到他的叫喊后一骨碌起床了。那确实是一只大蜗牛，足足有酒杯口那么大。我从没见过这么大的蜗牛，惊喜得整个人都要飞起来。外公就更加激动了，他在村里奔走相告，村里人很快都围了过来。外公像个导游，自鸣得意地向村人介绍自己发现蜗牛的经历。

我很快忘记了这件事，但外公脸上的兴奋却足足持续了两三天。几天过后，他还会在吃饭时聊起那只蜗牛。

外公是个容易快乐、容易满足的人。诸如一朵花开了，一棵树发芽了，竹林里长出一株笋了，哪棵树上垒了一个鸟窝了，都会让他高兴一阵子。

无独有偶，我同事也是这样的人。有一次，她在电梯上遇到一位朋友，朋友给了她一个红彤彤的苹果。她接过苹果，脸上乐开了花。她步履轻盈地走进办公室招呼我们："我朋友真好，给了我一个这么红的苹果。"说着她拿出抽屉里的水果刀，把苹果切成了四份，给我们每人发了一份，还不忘说一句："好心情大家一起分享。"

过了一会儿，我登上QQ，看到了她刚更新的个性签名：与朋友在电梯里相遇，她给了我一个红红的苹果，我与同事们分享了，一天的好心情就这样开始了。

她是个喜欢碎碎念的人，每天都会与我们分享自己的一些小幸福。买菜时，菜农便宜了她两毛钱；周末逛街时买了套新衣服；儿子在班里的名次又进了两名；老公洗了一次碗；散步时碰到了久违的老朋友……

每当这时，我就想到外公，她与外公一样，都是快乐的人。不久后，我在她的微博里看到一句话：不少人说我幸福，其实我的生活与他们的一样，只是比他们更懂得收集幸福。

一语击中我心里最柔软的角落。是的，只有懂得收集幸福，才能垒起幸福之墙。

没有枝叶，何尝饱满

在微博上看到一则故事，说的是一位女高管，大学毕业后，她在一家民企谋得一份职业。她努力、认真，几年后被提拔为部门主管。家人、朋友都劝她找个男人结婚，但她总以工作重要为由拒绝了。几年后，她的职位又有了提升，薪酬也多了一些，她终于有了嫁人的念头。她结婚后很快怀了孩子，但为了获得更高的学位，赚更多钱，她决定把孩子打掉。没想到之后再也怀不上孩子。后来，她已经成为公司的高层，有了令人羡慕的收入，但她再也无法拥有自己的孩子，无法享受为人母的幸福。

有一次，她和下属出去谈事，问下属："圣诞节快到了，准备给爱人送点什么?"下属回答："现在还背着房贷，日子过得紧巴，礼物就不买了，相信他也能理解。"

她对下属说："我曾经与你一样，喜欢担忧未来。总因为未来而把当下的生活过潦草而廉价。"下属听后若有所思。

前些天，朋友给我讲了一个年轻男人的故事。他与女友谈了三年恋爱，再过一个月就要结婚时，可他突然消失了，留下一张纸条：对不起，等我足够好时再回来娶你。两年后，他穿着西装，开着限量版跑车回来了，却发现她已经嫁给了一位普通工人，并且已经有了孩子。他问："你宁可嫁给一位普通工人，也不愿意等我吗？”女人笑着说：“我们不需要什么，有爱就够了。”他已经达到理想中的条件，却再也无法牵着她的手。他突然明白，自己因为一厢情愿而失去了她，生活因此大打折扣。

我有一位大学同学，长得十分漂亮。毕业后不久，她就嫁给了一名村干部，第二年就有了孩子。他们俩每月的工资加起来不到五千元，日子过得并不宽裕，但生活过得有滋有味。

有一次，她给我打电话，让我去她家吃饭。我欣然前往，以为她遇到什么好事，却不知是为了庆祝她老公工作受到领导表扬。她买了菜，做了满满一桌，还开了酒。那晚，我吃得很高兴，也目睹了他们温馨的生活。

她把房间布置得干净整洁，窗台上养着吊兰和仙人球。她把他的衣服熨得妥妥帖帖，给他做可口的饭菜。他给她买好看的衣服，在饭后带她去郊区散步。他们每月存一笔旅游经费，以保证每年一次旅游，在郊区租了地，给自己种玉米和蔬菜。他们有美好的愿望，但不是以当下生活的缩水为代价。

我的身边有许多人，为了房子、车子，活成了一部忙碌而操劳的机器。念及此，我不由对那位大学同学肃然起敬。

事实上，当你为将来的生活而省略了生活中应有的享受时，生活就已经打了折扣，而忽略了家庭、爱情，更是将生活打了对折。

生活经不起打折，它是一棵树，既要有粗壮的树干，也要有丰满的枝叶。如果只有主干，没有枝叶，生活又何尝饱满？

贫瘠的生活，也能开花

如果不是为了换一条拉链，我也许不会遇见她。三十出头的她，中等身材，面容沉静。她的头发被很随意地扎在了脑后。

她的缝纫机就摆在门口靠墙的位置。我进门的时候，她正坐在缝纫机前，面对着墙壁。哦，不，是面对着一块蓝色的布，在墙上，她还挂了一块布，这布看起来有些像窗帘，不知道的人还以为布的后面是窗户。布上别着许多好看的卡通布料，想必应该是帮人缝补窟窿时用的。缝纫机的右边是一层层布，各式各样，绿的黑的红的白的，都有。布的右边挂着一些衣服，看起来都那么玲珑别致。缝纫机的左侧是一盆怒放的鲜花。被她一装饰，这个房间显出一些精致的味道。

但事实上，这是一个修车铺。她的老公是修理自行车、电瓶车的。房里的另一半是自行车和电瓶车的零件。但我从来没见过这么干净的修车铺，轮胎被挂在墙上，自行车被整整齐齐地放在墙角，打气筒被放在门后。

她的动作异常娴熟。拆线、换拉链、缝线，几乎一气呵成。末了，她拿起电熨斗，把裤子熨得平平整整。她麻利地叠好裤子，把它装到一个塑料袋里。

她只收了我三块钱。她的活细小，收入一般，假若有人请她做衣服，那算得上是大笔生意了。她的老公亦是如此，但他们脸上洋溢着的分明是幸福。

她跟我说，他们是江西人，到这个城市已有三年时间。刚到这里的时候，他们举目无亲。离开老家的时候，他们怀里只揣着两百来块钱，因为她的母亲刚生过一场大病。他们没钱租房子，便到桥下，摊开被子睡个几宿。天气好的时候，他们坐在桥下看星星；不好的时候，他便给她讲故事，或者拿出竖笛，吹几首曲子。

他开始到处捡破烂，她开始到餐馆里当服务员。日子的艰辛可想而知。可即便在那样的日子里，他们依然把日子过得有滋有味。她把餐馆里剩下的饭菜打包回家，每天挤出两块钱给他买啤酒。他总是舍不得一次喝完，喝一半便把盖子封上，等晚上继续喝。那时拮据，一瓶啤酒就是生活中最美的花朵。

我听着，不禁哑然。我终于相信，只要有心，只要热爱生活，即便再困顿的生活，也能开出绚丽的花朵！

人生需要一杯酒

我和我父亲一样，喜欢喝酒。所以，每个周末，我都会带几瓶酒回家，和父亲小喝几杯。

母亲在厨房里忙碌，我和父亲则一边谈天一边喝酒。一小碟花生米、一小盘兰花豆、一碗水煮黄豆、一锅水煮豆腐，都是我们的下酒菜。酒后，父亲总是对他的过往大肆渲染，说自己年轻时是如何如何的勇猛，当年又有多少女孩爱慕自己。我也偶尔说说我的事业，我的爱情。父亲抿一口酒，感叹道，儿子长大了，我却老了，岁月不饶人哪。是啊，岁月给了我强健的体魄，青春的容颜，却给了父亲佝偻的身躯，花白的头发。我的鼻子有些发酸。我说，爸，您多注意自己的身体，别为我们太操劳，应该是我们孝敬您的时候了。时光带着恬淡的味道，平日积压在心底的话也就借着酒劲蹦了出来。父亲大喝一口酒，说，你小子，还算有良心。

这时，母亲也在旁边坐了下来。她面容慈祥，眼角带着掩藏不住的笑意，说，这或许是你们喝酒的唯一一点好处了。

周末，和一个多年未见的朋友小聚。酒，照例是要来几杯的。几番推杯换盏过后，大家都有了些醉意，是那种微醺的状态，周围的一切显得朦胧而缥缈。朋友缓缓地讲起这些年的思念。末了，他说，你知道吗，我曾经很忌妒你，大家同坐一张桌子，你学习成绩比我好，又听话，大人拿我们对比的时候，你总是正面教材，而我总是反面教材。我颇有些尴尬。他继续说道，有一次口算比赛，你因为找不到口算本而被老师骂了一通，其实是被我藏起来了，那是我唯一一次口算做得比你快的。原来是这样啊？我惊讶地说，不过都过去了，小时候谁不是这样的呢，好像有一次我还拿了你的笔，那时候觉得你的三色笔特酷。朋友也是张大了嘴巴，说，你这小子，原来也够缺德的。说完，我们都大声朗笑起来。

那天，我们聊了很久，临走的时候，还情不自禁地拥抱起来。

有一次，和一个官员吃饭。开始大家都很拘谨，怕说错话得罪了他。倒是他，举起杯子豪爽地说，咱们酒场相逢便是缘，来，我们干一杯。一杯酒，打开了一桌人的话匣子。接下来，众人只顾把酒言欢，早已抛却了拘谨。一餐饭，就在暖融融的氛围里落下了帷幕。

我总是迷恋着酒，迷恋着酒后的微醺，迷恋着微醺之后的坦诚、豁达和无拘无束。

很多时候，酒，是一条路径，它让我们通向真诚、豁达，而我们，正需要这样一杯酒。

人生中的两堂公开课

1997年，我在村校读二年级。有一天放学的时候，老师告诉我们，中心校的老师明天要来听课，叫我们回家好好预习功课。

长这么大，我第一次听到“听课”这个词，心里充满好奇。同学们与我一样，都在心里犯嘀咕。老师告诉我们，有十多个别校的老师会坐在教室后面听我们上课。心里的好奇马上被惊恐所取代。我们不敢想象那是什么样子，有几个胆小的女同学已经捂着嘴巴惊叫起来，一脸惊恐的样子。说实话，我比她们好不了多少，一直心如鹿撞。那一晚，我失眠了，脑海里一直重复着教室后面坐满黑压压的人的画面。

第二天一早，我就到了学校。不久后，十几位西装革履的老师走进了我们学校。我顿时心跳加剧，手心冒出了汗。平时，我们总在课间时玩得热火朝天，但那天，我们都心照不宣地早早坐在教室里等待上课。

教室里的空气仿佛凝固了，我们坐得端端正正，连大气也不敢出。这时，我们的老师从教室外款款走进来。她面带微笑说：“同学们唱首歌吧。”她的笑容让我们瞬间放松下来。文艺委员起了首歌，我们卖力地唱了起来。我们唱完后，老师又给我们讲了几个笑话，后来，她说：“同学们不要紧张，后面的老师是来同我们一起上课的，他们可不是‘老虎’。”一席话说得我们乐了起来，心里的紧张感突然间烟消云散。

那一节课，我们听得很认真，老师也讲得很细心。那是我村校生涯里最饱满的一节课。现在回想起来，如果不是老师给我们能量，可能是一堂令人难堪的课。

后来，我读了师范院校，毕业后当了一名小学教师。工作两个月后，我便接到上公开课的通知。我突然心慌起来，因为我根本没有做好面对那么多人上课的准备。尽管这样，上公开课的日子还是越来越近了。走进教室的那一瞬，我的脑袋突然出现了短暂的空白。我缓缓走到讲台前，看到同学们正端端正正地坐着。他们精神饱满，眼睛发光，给了我无穷的力量。他们充满自信的脸庞让我悬着的心慢慢放了下来。我开始与他们交谈，他们踊跃举手，声音响亮地回答我提出的问题。我终于不再有紧张感，教室仿佛突然从千里冰封的冬天到了春暖花开的春天。

我职业生涯中的第一堂公开课上得并不好，但我却记住了同学们热情洋溢的脸庞，记住了我们心灵之间汩汩流动的暖流。我想，如果没有他们，我的第一堂公开课会很失败。

这是我人生中最难忘的两堂公开课。我开始明白，每个人的心灵都是一片柔嫩而孤独的花瓣，只有彼此依靠、彼此取暖、彼此汲取能量，才能开出最美的花朵。

人生最美是平常

深夜，朋友打电话给我，说把一个路人撞飞了。他的话语里有止不住的惶恐和慌乱。我火速赶到现场。我到现场的时候，朋友已经在前往医院的途中。我在医院里见到了他和被撞的中年妇女。他们俩的脸上有着一样的惶恐和惊悸。大抵，他们都还没回过神。

医生忙利索地给中年妇女检查，清洗伤口。朋友定定地看着这一切，双手紧紧地握着我。那情形，就如同一个溺水的孩子抓到了一根稻草。中年妇女很快被推进手术室，朋友想，这回完了，他狠狠地抽着烟，样子异常无助。他不想惊动年迈的父母，决定独自承担这一切。

中年妇女被医生从手术室里推出来，所幸，她没有什么大碍，只是额头和手肘擦破了一块皮。虽说没什么大碍，却也结结实实地被缝了几针。朋友跟家人撒了个谎，决定在医院陪护中年妇女。夜里，朋友不停地喃喃，要是当时放慢车速，该多好。

一连几天，朋友都在医院里陪着中年妇女，医药费日渐攀升，朋友心里也愈加沉重，五六天后，中年妇女出院了，但朋友的心却一直悬在空中。他开始和中年妇女商讨赔偿事宜。中年妇女一口咬定，一个月的误工费，一个丢失的戒指，钱一分都不能少。那时，朋友的父亲刚生完一场大病，身上的钱所剩无几，他只能一边向朋友求助，一边央求中年妇女作一些退让。十几天后，朋友终于筹到一笔钱，而中年妇女也作了让步。

一天晚上，朋友给我打电话，让我做他们的见证人。几天不见，朋友消瘦了许多，仿佛大病了一场。我拟好赔偿协议，朋友和中年妇女各自签名按印。事情终于告一段落，走出中年妇女家时，我和朋友都长长地舒了口气。原本平静的生活，却因朋友一时的马虎而变得波澜起伏、提心吊胆。

我蓦然惊觉，原来平常、健康、无恙便是人生的最美状态。少一些抱怨，少一些贪婪，因为身体不如意时，名与利、钱与权都抵不上平常和无恙。平常每一天，健康每一天，无恙每一天，人生最美，莫过如此。

生活，从不曾荒芜

一年初夏，我回到了久违的家乡。外公说，你闲得发慌，不如来帮我干些农活。少时，我对农活并不陌生，而今，对农活竟有了新奇的感觉。

一大早，外公便揣着种子出门了，说是去种丝瓜。我也欣然起床，随外公来到田间。外公在地里挖了坑，播了种，又埋上土。外公对我说，这个时节的天气真好，适宜播种，庄稼可以说一天一个样。一天一个样？我对外公的话表示怀疑。外公说，你别不信，到明天，种子就饱满了，胀开了。

我有心检验这句话的准确性，第二天一早便往田里跑。泥土的表层与昨日并无二致。我找到其中一个坑，扒开泥土，看到了昨天播下的种子。它果然饱满了，变得湿漉漉的。我被眼前的景象吓了一跳，外公笑着说，你过两三天来看，种子就该发芽了。三天后一个早晨，泥土上果然再现了两片墨绿的瓜芽。

回家吃早饭的路上，外公告诉我，其实和昨天相比，路边的树芽已经长了一截，田里的庄稼也变壮了。此后的几天里，我天天去田里观察丝瓜。如外公所言，田里的瓜苗一天一个样，它每天都往上长一截，并且颜色也越来越淡了。回家的路上，我观察起了路边的树木，发现与昨天相比，嫩叶绿长大了一圈，枝上还多出了一个新芽。

快到家的时候，我突然听到了蝉鸣。之前的几天，我不曾听闻蝉声，那天清晨，我竟听到了一年中的第一声蝉鸣，我顿时激动得在路上飞奔起来。

很多时候，我们觉得生活空虚无聊，日子平淡无奇，甚至觉得今天是昨天的重复，明天是今天的复制，却不承想这个世界每天都有所不同。一片树叶正在生长，一朵花正在开放，一个新的生命正在孕育，生活从不曾荒芜。

生活的风情

或许很少有人会注意到，公司楼梯转角处的窗外有这般美丽的风景。从窗口往外眺望，可以看到如黛的远山，看到绕着山脚缓缓流动的河水。在有阳光的日子里，这是一幅明丽的山水画。金色的阳光铺在上坡上，山中的白墙红瓦为山坡增添了几分神韵。澄澈的河水似母亲的手，一刻不停地抚摸着山脚。河面上反射着金亮亮的阳光，仿佛洒满了碎银。

午后，我喜欢站在楼梯的转角处眺望窗外的风景。我干的是文字工作，伏案久了，眼睛总是干涩而疲乏，腰与颈椎也经常出现不适。在发现这片风景之前，我通常会在工作的间隙往办公室的窗外眺望。发现新的观景点后，我很快就“喜新厌旧”。我的工作激情大有增加，除了期待做出漂亮的版面外，更期待工作罅隙眺望风景的享受。

春天，有人在河边放风筝，有人在河边洗衣服，平坦的草坪上时常晒着花花绿绿的衣服。要是在冬天，河边的草坪上更是漂亮。人们隔三岔五就会翻晒被子，草坪顿时成了彩色的大地毯。

我通常想，要是没发现这个窗口，没机会遇到那片风景，我的生活肯定会失色不少。我的生活原本是一颗平淡无奇的玻璃球，却在邂逅那片风景后成为五光十色的彩石。

这不禁让我想起了故乡的爬山虎。据说那片爬山虎是我外公年轻时种的，经过几十年，爬山虎早已爬满我家的西墙，并且攀上了屋檐，把我家靠西的房间掩盖得密不透风。夏天，爬山虎的叶子绿得耀眼。没事的时候，我会搬来躺椅，躺着看爬山虎的叶子。叶子反射着金色的阳光，西墙在傍晚时分熠熠生辉，仿佛有上千个精灵在跳舞。风一起，满墙的叶子都开始摇动，一时间光影交错，让人觉得进入了七彩世界。

拜其所赐，夏天，我家靠西的房间很凉快，全然没有半点暑气。夏天一到，就有人往我家跑，来享受“绿色空调”。这为我家增添了不少乐趣。

生活的趣味也许就在窗外，也许就在一面墙上。我们总抱怨生活单调，却不知，身边的许多事物都折射着生活的风情。珍视身边的一切，才能领略生活的风情，感受生活的美好。

生活的挂件

小时候，我家门前有一棵合欢树。每到农历五六月份，树上便披满绯红。合欢的花随风飘扬，院子里便撒满绯红。每当这时，我的心里便充满无端的欢喜。我不知道为什么，这棵树总有种让我激动的魅力。这树上的枝丫，像极了杨柳的树叶，树丫上的鸟巢，这一切都让我的内心充满欢喜。

年少的我，常常搬了凳子到合欢树下吃饭。没事的时候，便坐在合欢的树丫上休息。我常常望着合欢树出神，有时半夜起来，也忍不住拿手电筒往合欢树上照一番。我对合欢树充满热爱，直到初中毕业，离开家乡。

外公有一块挂表，听他说是在十多年前的集市上买的。他的挂表有一个盖子，看时间的时候，只要按一下开关，表盖便“啪”地弹出来。看完时间后，只要按一下盖子，手表便“啪”地合上。

外公最钟情于打开表盖的这个动作。在吃饭的时候，干活的时候，休息的时候，他总时不时地打开挂表，享受打开时的乐趣。挂表跟随了他许多年，他很是珍惜。他对我说，挂表若不在，就感觉生活里缺少了点什么。

我有个同事，近视，所以常年离不开眼镜。但她有个癖好，一定要戴有色眼镜。或是棕色，或是浅黑色。我经常看到她戴着眼镜，招摇过市。在有色眼镜的掩护下，她步步生花，雷厉风行。

有一次，她的眼镜摔坏了，只好临时戴一副普通近视眼镜。没想到她一整天都不自在，仿佛说话、走路都失去了往日的风采。

一棵树、一块表、一副眼镜，都无端地让生活变得美好了。它们如同我们胸前的挂件，点缀着我们不免单调的生活。或许，你也可以试一试，给生活配上一副挂件。

生活的美，在枝叶

一个情绪很不好的下午，我独自走进了影院。没有选择影片，直接买了电影票。世事往往如此，没有期待地选择一件事，心里反而有了种意外的充实。我沉浸在紧张的情节和唯美的画面里不可自拔，心想自己遇到了一部好电影。

那场电影，大家都看得很安静，看得出来都很沉醉。电影结束后，人们纷纷离席，争先恐后，仿佛逃离一个不值得留恋的地方。我因为心情欠佳，便一直沉坐着，看那些被NG的镜头。其实，那才是真实的场景。明星们搭错戏，背错台词，动作不连贯等，都在花絮里一览无余。我的耳际忽然传来低沉的男声，片尾曲响起来了。看着片花，听着歌曲，我忽然心生感动。原来，电影的结尾处竟然有这般美好。它带给我内心的充实，不亚于剧情。走出影院，我内心翻涌，那是我看得最完整的电影，以往，我和那些早早离席的人一样匆忙，所以没能领略到电影余味的美好。

年轻时，免不了心情躁动，每次学校放假，我总是急不可耐地背着书包，舍弃一切舍得与不舍得的东西，只为了与同学们一起坐上开往家乡的车。那时，总觉得早一些到家，心便安然。

大三的寒假，我因为买不到放假当日的车票而在校多待了一天。大多数同学都已回家，整栋宿舍楼里只有寥寥数人。晚饭时分，我们在宿舍楼门口相遇，脸上陡生欢喜。彼此陌生，却在刹那间打通阻隔，宛若朋友。我们一起去校外的餐馆吃饭，一起在校园的小径里闲走。平时，我们鲜于和学校的清洁员聊天。那日，我们却在安详的氛围里热情地聊了起来。她如母亲般对我们嘘寒问暖，我们聊聊生活，也开开玩笑，其乐融融。连保卫处的保安，也在那日温和了起来，他们摘下帽子，与我们海阔天空地闲聊。虽然没能与同学们一起回家，我却因为晚归一天而收获了许多美好。

小时候，我最喜欢吃鸡爪，菜一端上来，我的筷子便时不时地光顾。等几个完整的鸡爪吃完了，我便把盘子远远推开。父亲用筷子敲着我的脑袋说，剩下的也可以吃啊。我看着盘子里的残渣和作料，把头摇得像拨浪鼓。近些年，我却忽然喜欢上菜盘子里细碎的残渣和作料。每次买烤鸭，我都叫老板把肉切碎一些，然后在众人一阵风卷残云后，我抿着酒，嚼着细碎的鸭肉，收拾着生活的余味，感受着别样的美好。我越来越喜欢菜盘子里的大蒜碎末和小小的姜片，细细咀嚼，忽然懂得了生活。它让我懂得什么是风华之后的余韵，什么是青春之后的从容。

生活是一棵开满花的树，它的美艳在枝头，但如果你细细感受就会发现，其实它的美也在枝叶。雨后的彩虹很绚烂，但是青山也别具风味。

生活是一块面料

一直忘不了一篇名叫《背篼》的文章。那是我小学五年级时读的课文。

黄昏，蜿蜒的山道上，打柴的孩子归来了。他背着满满一背篼柴火，他背着五彩的晚霞归来了。

一路上，山风梳理着他蓬乱的头发，小溪对他说着悄悄话，鸟儿依依送别，约他明天再来。

村子里，炊烟袅袅升起，飘过了林梢。他知道，那是妈妈高高扬起的手臂，在呼唤自己。

那时年少，热爱它，仅仅是因为文中所描写的景色过于优美。直到长大了，才知道那是一种生活的境界。五彩的晚霞，温柔的晚风，潺潺的流水，纷飞的归鸟，这些"朋友"让打柴少年的生活充满诗意。平凡的山里生活，却让他剪裁出了别样的诗情画意。就像寻常的土壤里忽然长出了一朵绮丽的花朵。

有个写手朋友曾经对我说，他去相了很多次亲，最后看上了一个在工厂上班的女工。他父母十分纳闷，问他为什么这么多优秀的女孩子看不上，偏偏看上了一位女工人？他说，只因为那个女工在自己的缝纫机旁养了一盆花。一个能够在繁忙的工作中，在嘈杂的车间里，精心打理一盆花的女人，还愁过不好日子吗？

事实证明，朋友婚后的生活很幸福，也很惬意。一盆花，是她琐碎生活的窗口，有了这个窗口，再平凡的生活也有了过好的理由。

现在，我们生活在钢筋水泥的丛林，面对着冷漠的人际关系，快速的生活节奏，欲望横流的社会。我们更有必要让自己的生活变得美好、变得诗意。其实，生活原本就只是一块面料，至于要剪裁成什么样，那完全要靠自己了。

心里的阳光

朋友打电话让我去 KTV 里唱歌。我到了包厢，发现认识的人寥寥无几。但一个 20 来岁的年轻人却忽然引起了我的注意。

他穿着亮晶晶的皮衣，褶皱的牛仔裤，在沙发上又叫又唱。每个人唱歌的时候，他都发出尖叫，继而热烈鼓掌，气氛很是热烈。轮到他唱的时候，他拿起话筒，边扭动身子边唱。奇怪的是，他唱的每一首歌都需要原唱。

后来，他对我说，如果没有原唱，他一首歌也唱不来。说完后，他又开始大声尖叫，把包厢里的气氛调动了起来。我不禁暗自佩服，这个年轻人真有活力。

再次轮到他唱的时候，我不禁仔细观察了起来。我发现他唱歌的时候总是斜着眼睛，而且不停地眨巴。他唱得很投入，虽然有些五音不全。

过了许久，他站起身来准备去上厕所。他的双腿很快吸引了我。他的脚显然受过伤，走路的时候，两只脚往内拐，并且一拖一拖的。

朋友告诉我，这是他表弟，现在在杭州读大学。他跟我说起表弟的故事。

他是一个挺乐观的人，成绩一直很好。小学毕业的时候，他忽然得了小儿麻痹症。他住进了康复医院，开始接受定期的康复治疗。可奇怪的是，他没有像康复医院里的其他小孩子那样忽喜忽悲，自暴自弃。他安然地接受了命运的安排，继而十分配合地开始接受医院的康复治疗。

他的身上曾经插满银针，他曾经被绑在椅子上作肢体运动。大人都怕他会受不了，但他却愣是一声不吭。倒是他的父母，常常看得眼泪满眶。

后来，他的身体慢慢好转。在这期间，他一直去学校里上课。曾经班里的学生总是嘲笑他，他沉默不语，没有还嘴，也没有哭泣。后来，同学们再没有嘲笑他，倒是经常帮他端饭，扶他上厕所。那时，他的父母总是守候在学校里，怕他生活上不方便。但他毅然回绝了。

几年后，他基本已经和正常人无异。他完成了高中学业，又考上了杭州的大学。朋友说到这里的时候，年轻人又回到了包厢。

他开始拍手起哄。但我的心情显然过于沉重。他递过话筒说，来，唱歌嘛，来了就要开开心心地唱。

我拿起话筒，胸口一热，差点掉下眼泪。

走出 KTV，年轻人热情洋溢的脸庞久久映刻在我的脑海里。他的坚强、乐观、开朗，无不让我动容。是的，只有心里拥有足够的阳光，世界才会灿烂多姿。

怡然自在心

我有位作家朋友。我没见过他，但知道他的生活自由、潇洒，与我的截然不同。我和他的许多读者一样，通过微博观望他的生活。

春天的时候，他在微博里上传了一张照片，照片里的兰花长得娇人可爱。此后，他天天在微博上发布兰花的最新情况。给兰花浇水了，给兰花寻找土壤了，兰花开了一朵了，兰花开了两朵了。

一个读者在微博上评论说：“您真是好有闲情哟，我真羡慕您。”他并没有过多回答，只回复了一个笑脸。其实，我的感慨与那个读者的无二，对作家的生活，我只有羡慕的分。

过了几天，他又在微博上晒了一张风景照，照片里是一口池塘，池边长着嫩绿的草。他还给照片配了几个文字：住处近池塘，清新而自然，枕着蛙声入眠，伴着蛙鸣醒来。这回，我心里的羡慕一览无余。心想，我是伴着闹钟声起床，枕着劳累入眠，生活着实相距甚大。

几乎每天，他都会在微博上晒自己的生活。我不禁心驰神往，拥有这般脱俗的生活，到底是怎样的一种享受。

有一日，我提出去他家小住，他很爽快地答应了。

令我意外的是，他的生活并不是我想象中的样子。他是报社编辑，并不是职业作家，他的文章都是在业余时间写出来的。他与我一样，天天为工作忙碌，日日为家庭琐事所牵绊。

他告诉我，养一盆兰花并不需要多少时间，每天用几分钟时间照顾它就可以了。午饭后到附近的公园里走走，傍晚时分到池塘边散散步、听听蛙鸣，也并不是一件难事。

听了他的话，我不禁汗颜。原来，我也拥有这么多可以放松自己的机会。

这让我想起父亲的一个朋友。他是一个挑脚夫，常年干着苦力活。他经常来我家玩，每次聊天，他都兴致勃勃地讲述他与车的故事。给车换轮子了，给车装镜子了，又载人回家了……

我总是听得兴起，脑海里不由自主地浮现出他与车的画面。有一天，我央求他用车载我一程，他欣然答应。

到了他家，我顿时傻眼了。我一直以为他所谓的“车”是轿车，不承想原来是一辆加了遮阳篷的三轮车。

那一刻，我兴致全无，怏怏地走回了家。

如今，我才明白，他的心里装了多少乐观与优雅。

如我的那位作家朋友所言，我们无法摆脱生活的琐碎，无法逃离世俗的牵绊，但至少可以给心灵开辟一片净土。

以牛为师

如今想来，教我“从容”二字的应该是我家的那头牛。在上初中之前的时光里，我有许多与牛相伴的时间。每当有空，我便鬼使神差地跑到偏房看牛吃草。

牛是通人性的动物，它远远地就能听到我的脚步声，但它并没有表现出热情洋溢的样子，这与我家的狗截然相反。它扑扇耳朵，嘴巴不紧不慢地一张一合。我从没见到过这么从容的吃相。鸡啄米，那速度之快令人惊讶；猪抢食，那毫无风度的样子也让人喷鼻。但牛却全然不同，哪怕是看到金灿灿的玉米饼，它也不会表现出火急火燎的样子。它伸出舌头，慢慢地把玉米饼卷进嘴巴，开始细细地咀嚼。我想，狗要是看到肉的话，早已开始狼吞虎咽了吧。

牛的从容也表现在他的步调上。它走路必定是从容优雅的。昂首挺胸，目视前方，将头抬起，一边扑扇耳朵，一边摇晃着脑袋。如果它走在石板路上，你便能领略它的步调沉稳，“咚、咚、咚、咚”，均匀、有力，几乎不会因为什么而改变。

牛的勤劳务实是众所周知的，从鲁迅的“俯首甘为孺子牛”便可见一斑了。它仿佛很清楚自己的本职工作，每当看到犁与牛鞍的时候，便两眼发光，立刻安静下来。它像个即将上战场的将军，一动不动地立着，等主人给它套上牛鞍。它非常敬业，背上牛鞍后就乖乖地走向田地，从不拖泥带水。牛的默默无闻或许体现在它耕作的时候。它不会在耕田的时候叫唤、撒欢、心不在焉，只会卖力地拉着犁在田野上来来回回地重复。它的脚步异常矫健，对它来说，耕田似乎不用费什么劲儿，它与犁经过的地方，泥土便被翻新了。

在以前的农村，牛是最主要的劳动力。家里的田地全靠它来耕。不是有人说“一牛可代七人力”吗？春天是耕牛最繁忙的时候，它把白天的大部分时间交给了主人手中的犁，只在早上、中午、傍晚时才有机会匆匆进食。等主人家所有的田都耕完了，它才可以卸下重任，过回无忧无虑的生活。少时，我常听大人们讲，要是没有牛，咱就累成狗。

牛的工作可不止耕田，它还经常充当运输工的角色。诸如驮米、驮草，运砖头、运石头……

如果你觉得牛很古板，那就错了。偶尔它也会撒撒野的。如果因天气不好太久没出牛栏，或吃饱了撑着没事干，它也会“挥洒豪情”。那时，它会扬起尾巴，撒开四蹄，在田野或小路上肆无忌惮地狂奔。这时，它孩童般的顽心来了，不管是不是主人，都对它无可奈何。它喘着粗气，竖着尾巴，所到之处尘土飞扬，大有“飞沙走石”的意思。它彪悍的一面在此刻显山露水。

牛还是通人性的，等玩尽兴了，便会乖乖地回到主人身边。当然，主人总难免要责骂它几句。那时，它便习惯性地扑扇耳朵，摇摇尾巴，表现出一副无辜的样子。

我与牛相伴的时间很长，却没能铸成它的品格。我想，它值得我们用一辈子的时间去学习。

曾经遇见的美好

周末，闲暇在家，我百无聊赖翻起了QQ里的好友列表。细看才发现，原来我的好友已经达到上限。不得不承认，有许多网友只聊了一两次便永远地沉默在我的好友列表里。

为了腾出一些空间，我决定删除一些久未联系的网友。当我点开鼠标右键的时候，手不由得停住了。这个叫“无解之谜”的人曾经给我寄过样报。

彼时，我刚开始写作。我做梦都希望自己的文字能变成铅字。偶然的一天，一个文友告诉我，《扬子晚报》发了我的一篇文章，我欢欣雀跃，如同一只饥渴的羔羊寻觅到鲜美的奶水。

激动还未消退，我就担心起样报的事情来。因为是第一次发文章，我特别希望拥有一张样报。我开始不停地加江苏的网友，直到我遇见他——“无解之谜”。他说他有今天的《扬子晚报》。我说了文章的题目，他就开始一版一版地找了起来。他终于找到了。在他寻找的时间里，我一直心如鹿撞。他说，他能理解我的急迫和紧张。他要了我的地址，说马上就给我去寄。果然，他的头像立刻就暗了。

四天后，我收到了他的样报。当我看到自己的文章时，竟然激动得热泪盈眶。他高兴地说，你收到就好了，写地址的时候我对了好几次，就怕写错，你收到我就放心了。

后来，我们的交谈便在日复一日的时间里稀疏下来。再后来，我们几乎没有再联系。今日，我把几年前的往事好好地咀嚼了一遍，才知晓他当时给了我怎样的温暖和鼓励。我双击左键，给他发了一个笑脸。

还有一个叫“一叶知秋”的女孩。

那时，我还在上大学，快过年的时候，大家纷纷去火车站购票。她问我，你要去买火车票吗？我说要的。她说，你不用跑火车站了，我家就在火车站旁边，我帮你买吧。

考完试那天，我去火车站旁边拿火车票。当我看到站内黑压压的人群时，心里忽然掠过一阵温暖。和他们相比，我是多么幸运。我不需要排长长的队，不需要为他人插队而恼火，也不需要为能否买得到票而担心。现在，我只需接过她手上的票，回家就已经成为稳稳当当的事。买票的操劳和奔波，都由她一个人承受了。

当时，我很是感激，便请她吃了一顿饭。寒假紧接着就来临。寒假过后，她就很少上线。后来，我们很少聊天，偶尔碰到了也只是打个招呼。

现在，这些往事又那么清晰地浮在我的脑海。只有在快要失去的时候，我才知道他们曾经怎样焐热过我的胸口，又带给过我怎样的感动。我手指一动，敲下几个字，好久不见，最近好吗？

人生是一个边走边遗忘的过程，只有时时往回看，才能知道，我们曾经遇到过怎样的美好和温暖。

养一颗诗心

我有一位在医药化学企业工作的朋友。他们夫妻俩在同一个企业工作，都是三班倒，有时上早班，有时上中班，有时上晚班，日子乏善可陈。他有三个子女，两个儿子，一个女儿，大儿子已经上大学，小儿子和女儿念高中。他们夫妻俩工资微薄，生活压榨着他不算厚实的身躯。当然，这是我认识他以后知道的事。

我与他相识于本地杂志举办的一次笔会。彼时，他穿一件白色纯棉T恤，一条黑色裤子，拿着一个老旧的卡片机。当别人在高谈阔论时，他的相机镜头正饶有兴趣地对着身边的一切。他就这样引起了我的注意。

吃饭时，我与他邻座，于是我与他聊起天来。他说自己喜欢拍照，虽然工作繁杂，生活紧巴，但对拍照的兴趣几年来只增不减。他从包里掏出相机，拿布擦了擦，说，相机是几年前买的，买相机的钱，他攒了一年。看得出来，他很宝贝自己的相机，于他而言，那是美好生活的窗口。

因为设备不好，又不会用软件处理图片，所以他鲜有自己满意的作品。用他的话说，“拍出好看的东西，简直是靠运气”。尽管如此，他依然乐此不疲。他举起酒杯向我敬酒，我突然有微醺之感。

当时，我在一家报社负责副刊，每期都需要几张配图，便要了他的联系方式。

他的照片隔三岔五地钻进我的邮箱，同时进来的还有他的配文，说是配文，其实是阐述照片的来源。

有一回，我收到一张他拍黄昏的照片，他配文如下：

在嘈杂的机器声中泡了八小时，身心俱疲。回家冲了个澡，感觉一阵轻松，于是想出去走走。拿着我的旧相机，骑着电瓶车出门，忽然看到黄昏的光线迎面而来。天空，云朵，都被镀上金光，于是用相机记录下来。

看着邮箱里的照片，看着配文，我一时不知道要回复什么。我刊发了这张照片，并取名“生活如诗”。

断断续续交流了大半年，有一天傍晚，他打电话约我去他家吃饭。他住的地方确实如他所言，简陋不堪，除了床、桌子、煤气灶，就只有书和报纸了。但房间很整洁，锅铲有序地挂在墙上，桌子抹得发亮，被单被子叠得整整齐齐，一切都收拾得井井有条。

他做了我爱吃的炸土豆片。土豆片香、脆、松，吃得我不亦乐乎。他说自已最喜欢变着法子吃土豆。后来，他给我投来一篇文章，叫《土豆》。文中内容让我内心汹涌不已。文章说，“山珍海味是他人的美味，我有我的美味，比如土豆。我会把土豆切成条、切成片，煮着吃或炸着吃。我会拿小土豆做椒盐土豆，也会把土豆捣成泥做土豆饼。食物简单，我却吃到了生活的风情”。

看完他的文章，我想到了诗心。诗心，不是无病呻吟，不是矫揉造作，而是美丽如诗的心情，淡定从容的情怀。养一颗诗心，用水一样的温柔、包容，去抹平生活的棱角和褶。如此，哪怕再尖锐困苦的生活，也能打磨成温润的玉石。

留三分，给优雅

单位有食堂，食堂偶尔也出好菜。所谓好菜，不过是我喜欢的菜，例如那天的熏鸭肉、红烧土豆、油焖茄子。我大快朵颐。一般情况我只吃一碗饭，但那天我就着好菜一发不可收拾，吃完第一碗又去盛了一碗。我觉得饭少对不起好菜，还加大了量。

吃完后，我一脸满足地走出餐厅。反应随即就来，没走出多远，肚子就开始难过，紧绷绷的，像塞了几块石头。越走，越觉得难过，于是只好手捂肚子，放慢速度。但实在吃撑了，肚子仿佛刀绞般难过。我只能在路边蹲下来缓解难过。简直是乐极生悲，美味的午餐竟然因为自己的不节制而成为罪魁祸首。后悔不迭，心想，要是只吃七分饱，哪会这么狼狈。

工作以后，很少去外公家，少时熟稔的农活也日渐生疏。那次深秋回家，刚好赶上外公在种小麦。外公负责画沟，我则负责把麦籽均匀地撒到沟里。

外公沿着地的边，画出一个大大的方框，然后在框内画出一条条沟。我不由纳闷："你这是做什么？"外公不以为然道："我要空出一圈种花。"我先是不解，继而佩服起外公的风雅来。

他说："你明年春天来看看我的田地，你会惊讶的。"

他的话果然引起了我的期待。

第二年春天，我见到了外公的杰作。几块方整的地里种着麦子，外围是妖冶的鸢尾花，深深的绿被娇艳的紫拦住去路；也有的地里种着油菜，但中间呈十字形地种了鸢尾，于是黄色被紫色分割。

他的庄稼总少不了点缀的东西，或凤仙花、鸡冠花、常春花，又或高大的蓖麻。我没想到文化程度不高的外公，竟有如此风情。

有一次，我到外地出差。上车不久就听到两个男人的争吵声。一位 40 多岁的中年男子要求对号入座，原因是他晕车，特意买了靠窗位置的车票。但位置上已经坐着一位二十出头的年轻人。中年人说："对号入座是最起码的规则，你得遵守吧？"年轻人嚼着口香糖说："又不是没空位，你随便找个坐下就行了，哪这么麻烦！"不久，中年人妥协似的在年轻人身边坐下。

没过几站，年轻人就站起来准备下车。他下车后，中年男人突然大喊："喂，你别急！"众人以为中年男子还要找年轻人理论，却不承想，他从座位上拿起一把雨伞对司机说："师傅，麻烦您停一下，年轻人的雨伞落下了。"他拿着雨伞奔下车，朝年轻人追去。

过了一会儿，他气喘吁吁地回到车上。我不知道年轻人接过伞时会有怎样的表情，只知道乘客中有人向他竖起了大拇指。

吃七分饱，留三分给舒适；种七分地，留三分给风华；得七分理，留三分给豁达。无论为人、处世、生活，或许都可以留出三分空地，植一片优雅。

找一段时光，让心灵飞翔

我认识一个开小吃店的人，他四十开外，个子中等。

第一次去他店里吃饭，便惊叹于他的闲情雅致。小吃店有一个后院，那里种满凤仙花和鸡冠花。院子的中间有两棵广玉兰，两树之间架着一个秋千架。没事的时候，他就端着茶杯，躺在后院的躺椅上，边喝茶边看院子里的花开花落。

与那些满身油腻的厨师不同，他干净而清雅，竟然有一些超凡脱俗的意思。

有一次，我与他在院子里交谈，他说这个院子就是他的心灵港湾，坐在这里，什么也不想，就端着茶杯喝茶，让时光缓缓流淌。一席话，说得我欣然鼓掌。

我还认识一个非常有个性的出租车司机。他说，每天，我都会为自己开一趟车。为自己开一趟车？对。找一条自己喜欢的路，打开音乐，放慢车速，让自己的心事在车厢里静静升腾。那是一段完全属于自己的时光。

很荣幸地，我分享了一段他的专属时光。他带着我，进入乡间小路，路旁是茂盛的樟树，远方是碧绿的稻田。他打开 90 年代的歌曲，我们各自的心情便在车厢内氤氲起来。我们穿过田野，穿过树林，直到驶进夜色。

我的一个朋友在工厂上班，白天的工作环境嘈杂而纷乱。每次回家，他都是蓬头垢面，疲惫不堪。每当饭后，他总要洗个澡，穿戴一新地走进书房，让自己游走在文字的丛林里。他对我说，每天一次的心灵旅行，让生活变得温暖而美好。

我们面对的生活喧嚣而嘈杂，找一段时光，让心灵飞翔，你便是幸福的。

照料一颗心

这是一个听来的故事。话说当时有一个人，撑着一把雨伞在路上走。然后，他看到了一个盲人，正在雨中用拐杖敲打着前进的路。他没有任何雨具，头发早已湿透。

他于心不忍，便跑过去给盲人撑伞。

盲人握住他的手，连连感谢。盲人家就在不远的地方，他们步行了十来分钟，便到了盲人的家。

说是家，也不过是四堵墙加一个屋顶。屋里摆着一张床，床上有一两床破被子。床的对面有一个火炉，炉上有一锅，锅里还剩着一些冷饭。墙角有一张摇摇欲坠的桌子，这大概是他吃饭的地方了。

在他即将要告辞的时候，盲人忽然握着雨伞争辩道："这伞是我的，你不能带走。"

他笑了，道："哦？你说这伞是你的，有证据吗？"

只见盲人叫来几个邻居，他当着邻居们的面说："这把伞的伞柄上有一个洞，其中两根伞骨还绑着麻线，雨伞还有一个洞，大概手指般大小。"

邻居们看了看伞，果真如此。原来一路走来，盲人已经偷偷把伞摸过了。

他说："你说对了，这把伞确实是你的。"说完，他走出盲人的屋子。

这把伞当然不是盲人的，但是盲人实在太穷了，他需要一把雨伞。他也十分愿意把伞送给盲人，既然如此，为什么他要故意"刁难"盲人呢？

他只是不想让盲人感觉到自己在施舍，仅此而已。

第五章

每个人都是拯救自己的天使

最完美的一课

我读五年级的时候，我们班来了一位新老师。他头发浓密，风度翩翩。

那是他上的第一堂课。令我们吃惊的是，他并没有带课本，也没有带教参。这对于我们来讲，是件多么惊讶的事。

上课了，他眼睛微闭，饶有感情地把今天要上的课文背了一遍。背到动情处，他忍不住手舞足蹈。

我们很快便被他奇异的教学方法所吸引。那堂课，我听得很认真。直至下课，他声情并茂的讲演还在我的脑海里回荡。

他布置了作业之后，大步流星地走出了教室。

第二天上课前，课代表把一摞作业本从办公室里端了过来。我看着自己的作业本，满眼惊愕。那是什么字啊？寥寥几笔，我甚至很难分辨那到底是字还是简笔画。日期也批得十分马虎。

我看了看同桌的作业本，他的批语也一样，书写潦草，寥寥数笔。

我挨个看过去，发现老师的批语并不是如出一辙。有些同学的作业本上，他的批语工工整整，字迹清秀，还写了一些表扬的话。有些同学的批语，字迹一般，说不上好也说不上坏。

上课之前，我的心情颇为忐忑，老师的批语为什么会如此不一呢？

直到上课，老师走进教室，我才明白了老师的意图。他说，想必聪明的你们已经发现了，你们作业本上的批语和字迹有好有坏，许多同学可能不明白这为什么，但是你仔细看看自己的字就明白了。

这时我才打量起自己的字来。不得不说，我的作业确实很糟糕。我的字写得歪歪扭扭，毫无美感。当时，我只顾早点完成作业，压根儿没有考虑过书写清楚、字迹端正的事。

片刻之后，教室里的议论声安静了下来。同学们面面相觑，有的满脸通红，有的面带微笑。

半晌，老师说，要想别人尊重你，你就得先学会去尊重别人。这是我想告诉你们的第一个道理。

那一刻，我们掌声雷动。

后来，我小学毕业，走进中学，走进大学，却再也没有碰到过这么有个性的老师。我必须承认，那是我听到过的最完美的一节课。

奔向大海的水滴

那是高考后的暑假，满腹失落的我去了父亲所在的工地。虽然已经过了一个多月，但高考落榜依然像一块沉重的石头，压得我喘不过气。我把自己关在房间里，足不出户。父亲忙于工作，所以大多数的时间里，我和天上的白云相望无语。

那是一个极其平常的早上，我的房间却无端地进来一个与我年纪相仿的女孩。她有长长的头发，姣好的面容。可是，她的美丽在腿部瞬间停止，她的左裤管空荡荡的。她架着拐杖的样子成为那天早上最令人心痛的画面。

她礼貌地向我打招呼，说她爸爸叫她送点东西过来。她手上拎着一个盒子，大概是滋补品一类。

父亲告诉我，那是他工友的孩子。一次车祸之后，她便再也没有了左腿。

那她上学吗？我焦急地问。

上呀，当然上。这小姑娘够倔，上下学从来不让人接送，说不想浪费他们的时间，而且她的成绩特别好。

我脑海里浮现出她明媚的笑容，以及一甩一甩的马尾辫。

很快，我又见到了她，不同于上次的拘谨，这次，我主动地和她攀谈起来。她是个健谈的人，一旦打开话匣子，便很难停住。

她跟我聊起她们学校的同学和老师，聊起她们学校错综复杂的爱情，也聊起自己心仪的男生。

她约我去海边捡贝壳。她一个人买票、上车、下车。行动间，流畅自如，密不透风，根本没有我插手的余地。

后来，我们静静地坐在海边的躺椅上。她忽然指着大海对我说，多壮观啊，可是来大海之前，它们都是山洼洼里的小水滴。一直向前奔跑，准能奔向大海的，她坚定地说。

那一刻，我的心里顿时滋生出了无数的感动。于她而言，我的失落显得多么矫情，多么无理取闹。

几天后，我跟父亲说，我想好了，下半年去复读。

他惊讶地看着我，接着，嘴角扬起一丝微笑。

回去的路上，我的脑海里总是跳出她一甩一甩的马尾辫。我会记住的，一直向前奔跑，准能奔向大海。

大学城的拉面师傅

我读大三的时候，大学城里多了一家拉面店。出乎我意料的是，店主是一个与我年纪相仿的男生。他留着及肩的头发，面庞的棱角异常分明，耳朵上打着两个耳钉。一切特征都那么符合我印象里的混混。在我的认知里，这样的黄发少年应该是出入迪厅和网吧，搂着女人在午夜的街头买醉。而我眼前的这个男子，他穿着长满窟窿的牛仔裤，穿着紧身的T恤，整天在案板与钢锅之间徘徊。

许多次我从他店前经过，都能看见他忙碌的身影，不是专注地和着面粉，就是全神贯注地拉着拉面。

最先去他店里吃拉面的当然是我们班的女生。而她们之所以首当其冲去他的店里吃面，完全是冲着他长得像谢霆锋。可是，吃了之后，女生们便一窝蜂地开始讨论那拉面如何如何好吃，那汤又是多么好喝。

我们这群男生也终于忍受不了诱惑。夜幕降临时分，我们一群人跨进了帅哥的拉面店。他从案前走过来，一边用手搓着围裙，一边乐呵呵地问我们要吃什么面，大碗还是小碗。

趁我们思考的时候，他从围裙兜里拿出烟，给我们每个人发了一支。

他自己也点燃了一根。他点烟和抽烟的姿势帅得让我们一大群男生无地自容。然后，他便跑过去拉拉面了。

我才仔细地观察起他拉拉面的样子。那么大的一个面团，经了他的手，就宛如一个听话的孩子。只是眨眼的工夫，他已经把面团化成一根根粗面。与其说他在拉拉面，还不如说他在玩小孩子撑毛线的游戏。拉面在他的手里越来越细。到最后，那些拉面丝丝缕缕，细如发丝。我们惊呼，帅哥，拉面要断了。他朝我们调皮地一笑说，不会的，放心。转瞬间，拉面已跌入锅中。

趁着煮拉面的时间，他过来和我们聊天。他不紧不慢地介绍着自己的学生生涯。到后来，他感慨，遗憾没有上过大学，高中毕业就学习拉拉面了，不然也可以和我们一样在大学里好好地幸福几年。

面煮好了。他熟练地拿出碗，调好配料，把面平均地分配到每一个碗里。

吃完面，我们终于理解，那群女生何以如此眉飞色舞地谈论帅哥的拉面。因为，这拉面的味道果然不同凡响。

从那以后，我们便常常照顾他的生意。遗憾的是，一年之后，我们就毕业了。后来，我们就再也没见过那个帅气的拉面师傅。

说实话，那是我见过最帅、最艺术、最令人动容的拉面师傅。

最美的光芒

放学后，我一如既往地低垂着脑袋，灰溜溜地走出校园。语文老师的评语依然在我脑海里回放。我知道，我始终都无法写出令老师满意的作文。暑假期间，老师布置我们每天写一篇日记。只有我一人，每一篇日记都在及格以下。

我依然记得老师念到我名字时，班里发出潮水般的嘲笑声。一瞬间，我只觉得黑暗从四周涌来。

可是，我怎么也无法相信，我的眼前会出现一张作文宣传单。当然，我更无法相信，那个发传单的作文老师会笑眯眯地对我说："孩子，我感觉你是个会思考的孩子，你肯定能写好作文的。"

毫无意外，他的话深深地击中了我。我万般错愕地看着他，眼里的惊讶无法形容。这或许是我听到的第一次和作文有关的激励。当下，我接过宣传单，细细地朗读起来。我终于明白，眼前这个看起来帅帅的老师，居然是一个知名的写手，他在很多报刊发表过文章。

他笑眯眯地说："同学，如果有兴趣可以打我的电话。"

我几乎是一口气跑回家的。我没有和父母过多地言说什么，只是固执地让父母带我去老师的培训班写作文。

那是第一次，我如此自信满满地背起书包。快到培训班的时候，我的心跳不由得加速。

我如愿以偿地见到了帅帅的老师。经他自我介绍后，我才知道他姓夏，以前曾在学校里教过书，现在已经辞职，一边写作，一边当作文老师。

第一堂课，我并没有和其他同学一起上。夏老师把我带出了教室，他领着我来到地下室。此时，午后的阳光正烈，可地下室却一片黑暗。

夏老师问我："现在是不是一片黑暗?"

我点了点头。

接着，他拿出一根蜡烛点燃。瞬间，房间里亮起了烛光。接着，整个房间亮丽无比，仿佛刚才的黑暗从来不曾来临。

回教室后，夏老师意味深长地告诉我："信心就像黑暗的地下室，只要一点燃，就会亮丽堂皇。"

整整一个学期的周六，我都在夏老师的培训班里度过。他总能激起我对作文的兴趣，他和我们一起探索神奇的百慕大三角，一起讨论社会上发生的大事，一起玩我们爱玩的游戏。他总是出口成章，把平淡无奇的小事用优美的语言表达出来。他不断地鼓励我：内容越写越长了，语言越来越简洁了，修辞越来越丰富了，思想越来越深刻了……

现在想起来，那个夏末的阳光依然温和，夏老师的笑容依然明媚。我想，夏老师就是那个帮我捅破黑暗、给我自信的人。

那个给我阳光的人

应该是 12 岁开始，我忽然变得不爱学习了。我总是莫名其妙地就被某些情绪所牵引，然后跌入一个又一个幻想的深渊。我的成绩开始直线下滑，到后来，甚至连作业也交不上了。

我的班主任季老师是一个四十开外的中年人。他慈眉善目，头发稀疏，说话总是温文尔雅。他终于找我谈话了。他旁敲侧击地问我，是不是有什么心事？我闭口不语，两只手紧紧地拽着自己的衣角。

在我沉默的时间里，他一直慈祥地看着我。最后，他说，如果实在不能说就回去吧。

我的乖戾一如既往。再一次找我谈话是一个星期以后的事了。他说，我们散散步吧。

那是春天，学校旁边的林荫道上，两边不停地有花瓣落在我们的肩膀上。他给我讲了一个故事：

一天，一个农民的驴子掉到了枯井里。农民认定，驴子已经老了，这口枯井也该填起来了，不值得花这么大的精力去救驴子。农民把邻居请来帮他填井。几锹土过后，农民终于忍不住朝井下看，眼前的情景让他惊呆了：每一铲砸到驴子背上的土，它都迅速抖落下来，然后狠狠地用脚踩紧。就这样，没过多久，驴子竟把自己升到了井口，它纵身跳了出来。

别人的嘲笑就好比那一铲铲泥土，只有把它们踩在脚下，自己才能越走越高。如果不抖落身上的泥土，那么，你就永远走不出那口枯井了。

末了，季老师说，我希望今天说的能给你一些启示。

说到底，我还是被季老师的故事给感动了。回来后，我努力地驱散心中的阴霾，情况慢慢地有了好转。

可惜的是，季老师只教了我一年就走了。后来，我给他打过电话。我说，我要谢谢你的故事。他说，是你帮助你自己走出了心里的阴霾。那一刻，我的眼眶湿润了。

是的，那一年正月，我的父母离婚了。面对周围的讥讽和嘲笑，我选择了孤立。是季老师，给了我一片温柔的阳光，又那么含蓄委婉地把我解救了出来。

他只教了我一年，却足以使我用一辈子的时间去纪念。

算命先生教我的事

镇里有个民工乐园，乐园的一角有个算命的老人。老人长得仙风道骨，看上去颇有几分仙气。来这里算命的人都说他算得准，所以他这里生意很好。

虚无迷惘的时候，我总是把自己交给命运。这次，我又照例坐在了他的面前，让他帮我看相。

他拿过我的手，仔细地端详起来。末了，他说，先生眉清目秀，手掌纹路清晰，富贵之相啊。你这手相不是一般人能有的，过了三十必定红运当头。

他的话无疑是一艘小船，把我渡到了河的对岸。

从那以后，我有事没事就到他那里走走。我们边抽烟边聊天，聊得最多的自然还是命运。总有许多人问他，你算得到底准不准啊？到底有没有命运这么一回事儿？

多数的时候，他笑而不语。我们也就不再追问。

去的次数多了，我们便日渐熟络了起来。他说，我们聊天还挺投机的，现在的年轻人愿意和老人家聊的不多。

我伸出手说，再帮我看看相吧。

他把我的手推了回来，说，看相就不必了，我送你几个字吧，给自己定一个目标，然后在合适的时间里做合适的事。

我若有所悟。从那以后，我还是常常去他那儿，但是我没有再纠结于命运的问题。

苦难熬成的花朵

在寝室里和同学聊天的时候，一群人忽然聊到了同居的事儿，说许多同学喜欢到学校外面合租房。他灵光一闪，觉得这是个热门的话题，虽然稍稍敏感了些，却能够真实地反映大学生的生活和情感。于是，一个坚定的想法在他脑海里萌生了。

当他和同学说要拍摄校园短剧的时候，许多人都笑了，就我们一群穷学生，既没有资金，又没有器材，更没有场地，怎么拍?

同学们无疑给他泼了一盆冷水，的确，这些都是问题。但是只要解决了资金问题，一切问题就都不是问题了。

这个时候，他再一次想到了小说。于是，他开始日夜沉浸在小说里，废寝忘食，马不停蹄。

学期快结束的时候，他的小说出版了，并且得到了一笔不菲的稿费。看着存折里的数字，他觉得梦想越来越近了。

于是，他开始着手写剧本，边写边给同学看。同学孙宵对他说，剧本挺有意思的，他愿意加入。两人一拍即合，当即就在校园里发了招募广告，开始组建剧组。他用自己的稿费买了一架摄影机，一台电脑，一个话筒。这，已经是他们剧组的全部家当。

接近年末的时候，他们终于在郊区租到了一间民房。由于住的人比较多，环境比较嘈杂，隔音效果又不好，所以白天他们根本无法进行拍摄。剧组人员只能把拍摄时间定在晚上，过起了黑白颠倒的生活。

但是，另一个问题紧接着来了，因为房子灯光比较暗，所以拍摄效果很不理想。剧组人员只能安装更多的灯来改善拍摄效果。

可是即便是晚上，吵闹声还是偶尔会有。一旦有声响，他们便停止拍摄，直到干扰消失了，他们才扛起摄影机继续工作。有时，噪声连续不断，等噪声消失的时候，他们已经昏昏欲睡。

这样的日子过不了多久，剧组每个成员都成了大熊猫。

不久，北方的冬天真真切切地来了，寒冷的空气无孔不入，可是房间里却没有暖气。一大群人常常在深夜冻得发抖，每当这时候，他们便围在一起取暖，等身体稍稍暖和些了，再继续开拍。他是个要求完美的人，对拍摄要求精益求精。一天下来，他总是口干舌燥，声音沙哑。

经过几个月的努力，短剧第一季终于拍好了。出乎意料的是，短剧在网络上引起了极大的反响，第一季15集在网上单集点击率高达172万。他开始走红，时不时地有人找他签名。演员也走红了，不仅常常有人找他们签名，而且博客流量也大大增加了。

第二年夏天，他们的电视剧在重庆台播出。因为贴近生活，风格轻松幽默，他们的电视剧取得了很好的收视率。

他就是李洪绸，这个剧组的名字就是优优剧组。

于现在而言，他们成功了，但是我们无法忽略成功背后的沮丧、迷茫、挫折和辛酸。成功，向来都是苦难熬成的花朵。

每个人都是拯救自己的天使

少时，他的梦想是成为足球队员，拯救中国的足球。他一直为自己的梦想不懈追求，当然，他的球技也在慢慢精进。不久后，他被选为北京某球队的预备队员。

一切似乎都在朝他的梦想前进，然而上天却与他开了个小小的玩笑。中考时，他因发挥失常而无缘心仪的足球特色学校。无奈之下，他只好读了一所中专学校。

不承想，中考的失利只是上天给的小小玩笑，接下来的玩笑几乎改变了他的一生。1993 年，他 18 岁，正准备迎接自己的大好年华。期末考试的那天，他的父亲出乎意料地出现在考场。父亲并不是来给他鼓劲、加油，而是告诉他得了肝炎。

那一刻，他蒙了，自己怎么转瞬间就成为病人了？他几乎还没完成考试，就住进了海军总医院的传染科。当科室医生喊了声“传染科的病人来了”，周围的患者立刻作鸟兽散。18 岁的他，第一次感到了沮丧。那种被世界孤立、抛弃的感觉如麦芒般刺痛他的心。那个寒假，他第一次感受到了什么是度日如年。整个寒假，他都在医院里度过。好在寒假过后，他的病好了，他又可以像往常一样生活。

遗憾的是，没过几天第二场病又来了，并且比第一场更凶猛。他再次住进了医院。家人上班，同学上学，他几乎与世界完全隔绝了。他的苦闷比第一次更甚，面对白花花的墙壁，他的心里塞满棉絮般的孤独。为了排遣心中的失落，他一遍又一遍地拨打电台的有奖问答热线。如你所知，他并不是为了获奖，而是为了证明自己并没有被外界完全孤立。

那些年，病魔几乎时不时地光临他瘦小的身躯。第三场病紧接着袭来。他感觉自己的世界突然坍塌了。那一次，他想到了死。他想，打死也不去医院了。但冷静下来后，他还是决定去医院，自己是独子，他没有不活下去的理由。他去医院接受治疗，出院后乖乖地在家休养。他久病成医地请在医院实习的同学给他开药方，每天早上给自己整理医药用品，给自己绑止血带、输液，做着护士的工作。慢慢地，他的身体终于康复了。

后来，他开始思考，自己到底要怎样生活，怎样才能不用每天打卡上班？他想到了音乐。他开始没日没夜地写歌。终于，在一个凌晨，门缝里透出来的灯光引起了母亲的注意。所有的情绪在母亲的心里交织，并在最后化为满腔怒火。她对他说："咱祖上八辈子都没人干过音乐这行当，你要是能玩出名堂，全世界都能成。"他没有像那些叛逆的孩子一样对着母亲大吼大叫，而是坚定地说："你不要劝我了，我不撞南墙不回头，就算撞到南墙也不会回头的。"

她的母亲没有再劝说，几天后花了大半积蓄给他买了音乐用品。他开始练习单声道电子琴，用卡带学习声乐，看书学习乐理知识。就这样，他边摸石子边过河，最终成功了。他叫陈羽凡。后来的事情大家都已经很清楚，他与胡海泉组成的羽泉组合红遍大江南北，《冷酷到底》《最美》《彩虹》《奔跑》等歌曲被唱成经典，羽泉更是成为乐坛常青树。

他说，如果你自己做不到，这个世界上就没人能做到。是的，只有自己才能拯救自己，每个人都是上天派来拯救自己的天使。

蒋方舟的“荒废”

蒋方舟小时候，妈妈告诉她，法律规定中国小学生在小学毕业之前都必须写一部书，否则会被警察叔叔捉起来。她信以为真，于是，她在心里播下了写作的种子。5岁时，她用不到一个下午的时间读完了三毛《撒哈拉的故事》。她读得津津有味，即使有很多字还看不懂。7岁时，她开始写作了，用上文字、拼音，甚至图画。她的写作热情从此一发不可收拾，两年后，她的第一个集子《打开天窗》出版，她成为中国最年轻的出书人。十几岁时，她看完了《金刚经》与《二十四史》的大部分，并浏览诸子百家。再之后，她却突然开始补看儿童书和动画片。

2001年，12岁的蒋方舟以《正在发育》为名在报纸上开专栏，其大胆的描写和幽默的语言迅速引起关注，她以一个“邪童正史”的形象，成为一个争议女生。此后，她以每年出一本书的频率，笔耕不辍。

高中时的蒋方舟已经出了多部著作，除了文学创作外，她也频频被邀请参加很多电视节目。有一次，她参加一档“一虎一席谈”节目，辩论“要不要把鲁迅踢出课文”的问题。蒋方舟在电视上的表现引起《新周刊》总编封新城的注意。当时《新周刊》有个栏目叫“主编访谈录”，在电视上看到蒋方舟的表现后，封新城和摄影记者一起，专程从广州赶到武汉去采访她。她超出同龄人的思考，让封新城很是惊讶。

2008 年 9 月，蒋方舟来到北京，进入清华大学新闻与传播学院学习。没多久，就受到了《新周刊》的邀请，担当杂志的特约记者。

清华给了参与自主招生的蒋方舟降低 60 分录取的“优待”，但蒋方舟却认为“失望是自己的大学基调”。哪怕到了大三，她也没有真正融入校园生活。

清华百年校庆时，蒋方舟给学校写了一封名为《我的大学》的信。蒋方舟的言辞不可谓不犀利：“北大、清华的学子一路都是教育和体制的少年既得利益者，成熟了，自然也是要沿着同一轨迹，而不能跌落到食物链的底端。于是，大学成了掠夺政治资本的地方。”

大学 4 年，蒋方舟尝试了各种事情，这些事都是她不擅长而且不喜欢的。她尝试了很多不同体裁的文字， 小说、散文、杂文、球评、影评。她还写了电影剧本和话剧，但最喜欢的还是写小说。对她来说，那些“不同体裁”其实都是一个活计，只是出活的轻重缓急不一样而已。蒋方舟有意无意地做着一个“荒废”的计划，极少谈论自己想抵达的“目的地”。

她计划大学毕业后去伦敦看奥运会，打算先“荒废”一年，行走中国，多走一些省市，然后整理一些文字出来，赚点学费，准备出国留学。却不料，接到封新城的通知，成了《新周刊》的副总编。

她说，30 岁以前，要把所有错都试完，某种“荒废”其实是有意义的。正因为如此，她的人生才有了宽度，因为有这种心态，她的人生变得色彩斑斓。“荒废”一些时光，得到的是心灵的收获和体验，而这些，是朝九晚五的生活所换不来的。如果可以，你也可以“荒废”一些时光。

努力出来的天赋

很小的时候，她就对音乐表现出浓厚的兴趣。她常常在家里唱歌，因为家这个舞台毕竟相对宽容，就算自己唱得不好，也不会遭到嘲笑和讽刺。但是每当她唱到高潮的时候，家里人还是忍不住捂起了耳朵。这多少让她感到伤心。

她不理会家里人的看法，继续唱歌。

不难发现，她唱歌的水平正在进步，但是依然没有摆脱唱到高潮时家人捂耳朵的现状。

她的家庭条件并不是很好，所以她常指望通过唱歌来获得一些“战利品”。事实上，她的确获得了一些小奖，家里也有很多她拿回来的“战利品”。

15 岁的时候，她跟同学说，自己要参加歌唱比赛。当时，她的同学都睁大了眼睛，怎么，你要去参加歌唱比赛？

她没有在意同学们惊讶的目光，兀自参加了一个比较大型的歌唱比赛。但她实在是太紧张了，一上台，脑子就一片空白。过了许久，她还是没能记起歌词，最后只能狼狈地跑下台。

她的同学都劝她不要唱歌了，因为她实在没什么唱歌的天赋。但她依然“我行我素”。在没有比赛的时候，她就偷偷地练歌，有比赛的时候就去比赛。

后来，她再一次去参加歌唱比赛。结果因为高跟鞋不合适，在台上摔倒了。

不久，她又参加了第三次，遗憾的是没有进入半决赛。

参加了几次大型的歌唱比赛，她都以失败而告终，但她的勇气并没有在失败中消退。她一如既往地唱着歌。

终于，她遇到了她的伯乐——福茂公司。她的专辑一经推出就获得了好评，《寓言》《欧若拉》等歌曲更是家喻户晓。她就是张韶涵。

这让我想到了另一个人。

他出生在音乐家庭，他的父亲是一名声乐老师。在他的印象里，家里常常来许多客人，他们多半是来向父亲请教怎么唱歌的。这让他觉得很烦，也就是在那个时候，他立志要当一个工人，而不是一个音乐人。

开明的父亲没有阻挠。于是，他就顺理成章地当起了工人。一段时间下来，他几乎换了不下十种工作，木匠、油漆匠、电焊工、售货员，等等。在当油漆工的那段时间里，他迷上了爵士鼓。他常常把油漆桶当成鼓，把铅笔当鼓槌，敲得忘乎所以。

在他敲鼓敲得天昏地暗的时候，姐姐向大连的百花文工团推荐了他。团长接见了他，并问他除了敲鼓还会干什么，他毫不犹豫地说还会唱歌。

听了他的歌后，团里的一个大腕连连摇头说，你是公鸭嗓，嗓子还沙哑，再怎么努力也没用，你不适合当歌手，还是老老实实当鼓手吧。

他偏偏不信这一套。就在那时，他下了当歌手的决心。此后一两个月的时间里，他每天在家练唱 8 个小时，除了吃饭睡觉就是唱歌。

功夫不负有心人，最后他成功了。他的《红旗飘飘》《不见不散》《拯救》等歌曲红遍大江南北，而他也成为中国内地的一线歌手。他就是孙楠。

生活中，我们总能听到“我没有天赋”这样的抱怨。事实上，上帝不会给每一个人天赋，但是他会给每一个人努力的机会。很多时候，天赋不是天生的，而是努力出来的。

最动人的箴言

大学毕业，在炽热的阳光里，我踏上了求职路。没有工作经验，成为许多家公司清一色的拒绝理由。家里带的钱所剩无几，碍于自尊，又倔强着不肯向家里要钱，日子，很是有了些飘零的味道。

每个傍晚，我都会坐在市中心的广场上发呆，想想当时的壮志豪情，看看眼前的窘境，心中不由得有了些悲凉。

遇见他是在一个黄昏。他拉着一辆破三轮车，在我身旁坐下，点了烟，开始吞云吐雾。他眯着眼，陶醉在一个又一个的眼圈里。抽了半支烟，他转过来朝我笑笑，一脸灿烂地说，小兄弟，要不要来根烟啊？我看你憋屈得很呀。我惊讶于他笑容中释放出来的朝气。我接过一根烟，像模像样地吸了起来。

我们俩边抽边聊。末了，他朝我笑笑说，我要干活去了，你如果闲着没事，又拉得下脸的话，可以帮我一起装纸板。

闲着只会让悲伤愈加泛滥，我便跟了他去。他挨家挨户地去收纸板，每到一户人家，总忘不了先给一个微笑。他潇洒地装完纸板，吹一个口哨，甩一甩头发，就蹬着车消失在小区门口。我坐在他后边，不由得崇敬起他来。能把生活过成艺术的人，恐怕不多了吧。

很快就是黄昏，我不禁担心起了晚上的住宿。他仿佛看透了我的心思，如果不嫌弃的话，你可以住我那儿。

他的住处竟然十分整洁，窗明几净，摆放有序，墙上挂着几幅地摊上买来的画，门口还放着一盆花。我想，他应该不是一个简单的拾荒者吧。

喝了酒，吃了饭，他才和我讲起他的故事。原先，他是一个小公司的老板。有一次，一个朋友邀请他合作，让他去参观参观场地。他欣然前往，却怎么也想不到朋友是搞传销的。他被软禁了好几天。他和朋友反目成仇，小公司也毁于一旦。

心痛之余，他离开自己的城市，决定从头开始。他说，相信自己能绕过低谷，重新走上顶峰的。

他看了看我说，小伙子，即使输掉了一切，也不能输掉你的微笑、你的生活态度。

来，喝酒，他一仰头，杯子里的酒一饮而尽。

他的话无疑如一壶甘泉，浇灌了我日渐荒芜的心田。我终于挺了过来，找到了一份还算满意的工作。

即使输掉了一切，也不能输掉你的微笑、你的生活态度，这或许是我听到过的最动人的箴言。

用20年完成的事

1984年，她出生于太原市清徐县吴村。上帝总是喜欢和人开玩笑，她一出生就没有双臂。她空荡荡的上身换来的是亲生父母的抛弃。所幸，后来被一对善良的夫妇收养，她的生活才得以继续。她的养父母送她去上学，给她和常人一样的生活。不幸的遭遇并没有使她丧失对生活的信心，反而使她自小就养成了不服输的性格。懂事的她从记事起，就开始练习把脚当作手来用。在很多人眼里，用双脚代替双手听来更像是天方夜谭，是不可能实现的。

但是，她却并不这样认为。她一直都是个好强乐观的孩子，心想，自己虽然没有一双手，却还有一双脚。她先学习用脚夹筷子吃饭。可是，这又谈何容易，脚趾到底没有手指灵活，好不容易把筷子夹住，筷子却从趾间脱落了。为了增加脚的灵活性，她用脚夹黄豆、剥花生作为辅助练习。

这些东西经常磨得她一脚血泡。她也常常掉眼泪，可是眼泪不能解决问题，所以在眼泪过去之后，她很快就选择坚强。为了尽快掌握一项新技能，即使最冷的冬天，她也不敢有丝毫懈怠，每天坚持练习。她的双脚经常被冻得青一块紫一块，到半夜都暖不过来。可是为了练习，她不得不让双脚接受寒冷。一到春天，冻伤的地方就裂开长长的口子，流出很多脓液和血水，有时疼得晚上睡不着觉。她一直相信，自己能把双脚锻炼成常人的双手。

慢慢地，她的双脚变得越来越灵活。长大后，她不仅能熟练地缝衣、做饭、包水饺、切土豆丝，而且能够打字、画画、从事广告平面设计。

中专毕业后，她找到一份话务员工作。阴差阳错，她和一个名叫徐进的人恋爱了。

2005年国庆节，徐进带她回到了忻州老家。她空荡荡的袖管立刻便吸引了徐妈妈的目光。善良的老人并没有流露出不悦，而是热情地招待了她。直到晚上，徐妈妈才悄悄地劝告徐进："孩子，并不是父母狠心，而是担心你们以后不能正常生活，婚姻是一辈子的大事啊！"

但是，她很快就让徐妈妈彻底打消了顾虑。几天下来，她不仅自己穿衣洗漱，而且把家里里里外外都打扫得干干净净。徐妈妈到厨房做饭，她就帮着洗菜、切菜；徐妈妈做针线活，她就帮着穿针引线，缝补衣服。徐妈妈不禁心疼起她来。往后的日子，徐进的父母不仅不再反对两人的婚事，反而像对亲闺女一样疼爱着她。

她的房间里放着许多张精美的设计图，书桌上存放着一幅幅书法和风景刺绣，盘子里盛着一根根细细的土豆丝。这些，都是她用脚完成的。

2009年，为迎接全国第十届残运会，她代表山西的残疾人展示用脚操作电脑、进行平面设计的技能，感动了很多参观者。她就是罗凤枝。

面对记者的提问，她说："双脚就是我的双手，如果你用20多年的心血去磨炼一件事，你就会发现这个世界上没有什么事情是不可能的。"

人生需要摸石过河

我有个女同事，东北人，有一种凌厉的气势。她来应聘的时候，我已是印刷厂的主管。说实话，她的简历并没有吸引我，倒是她身上散发出来的一股力量，让我很欣赏。我问，你以前从事过印刷行业吗？她爽快地回答，没有，不过我可以学，我相信自己能做好。我决定录用她。

她进厂以后的所为，恰如她所言。对装订一窍不通的她没用几天时间就弄清了所有流程。我发觉，她的可贵在于不懂就问，勇于尝试。我没给她安排师傅，因为她已经把厂里的所有人当成自己的师傅了。她向负责切片的师傅请教切片，向装订师傅学习装订，又向排序的人请教怎么排序。她甚至向厂里的机修工请教机器的工作原理。到后来，她对厂里所有程序、所有机器都了如指掌，她一个人甚至可以包揽车间里所有的活。

两年后，她提出辞职。她说要去旅行社当文员，相比装订工作，当旅行社文员当然要轻松得多。去上班的第一天，她就给我打来电话，向我请教怎么打开 Word 文档。她的话确实雷到我了，我没想到她的电脑知识薄弱到这个地步。从那时开始，她一有空就跑到我的办公室里，向我学习 Office 操作。她用十来天的时间学会了 Word 的基本操作，又用几十天的时间学习了 Excel 操作。后来，她没再打电话来向我请教问题，我听说，她已经被提升为办公室主任了。

可是她很快又提出辞职了，她决定开个饭店。她盘下一家濒临倒闭的饭店，开始装修。那些天，她几乎天天往人才市场跑，和不同的装潢师傅聊天、砍价。渐渐地，她懂得了很多装修知识。她一边请师傅着手饭店的装修，一边四处品尝美食。她到过湖南，去过四川，只为感受不同菜系的口味。她决定把“烧鸡公”作为饭店的主打菜。因为她不会炒菜，所以必须请一个厨师。但是因为缺乏管理经验，她请的师傅总是过不了几天就走人。厨师不在的那几天，饭店只能关门。她咬咬牙，决定自己当厨师。她找到家乡的一个厨师，开始拜师学艺。她刚学时炒出来的菜连自己都难以下咽，但是师傅告诉她，她炒的螺蛳别具风味。她顿时信心大增，她邀请朋友们来吃自己炒的螺蛳，朋友们都赞不绝口。她突然决定，就把螺蛳当主打菜吧。

没想到，她炒的螺蛳一经推出就引起不小的轰动。很多人大老远地赶来吃饭，仅仅是冲着她炒的螺蛳。慢慢地，她炒的其他菜也越来越受欢迎，她的饭店开始在县城里红火起来。

她的饭店已经开了好几年，每当吃饭时分，店门口总是络绎不绝。

或许，现在的她又萌生了新的想法，又或许她已经醉心于开饭店。但至少，她让我明白了一些道理。所谓“我不会”“我不合适”，都只是自己因为缺乏勇气而戴上的帽子。假如你有勇气，有摸石过河的心态，许多困难都不是困难。

踮起脚尖，亲吻阳光

她是我的同学，亲切地叫我大哥。读小学时，她是个优秀、漂亮的小姑娘。她总是扎着长长的马尾辫，眼神清澈得如同一尘不染的山水。

她家位于偏僻的山村，所以她说自己在读到李白的“手可摘星辰”时特别有亲切感。她读五年级的时候，村里有了弯弯曲曲的盘山公路。她父亲第一时间买了车跑起了运输。没想到，这辆车完全改变了她的命运。在下山的途中，他父亲误把油门当刹车，连车带人从海拔800余米的山上滚了下来。后来，她的母亲改嫁了，她开始与爷爷姐姐相依为命。从那时开始，她清澈的眼神里蒙上了一丝忧郁。

高中毕业后，她考上了省内的一所师范学院，我们再次成为同学。上了大学后，她把自己的时间安排得满满当当，上课、跑图书馆、参加学院里各种比赛，几乎包揽了每个学期的一等奖学金。她入了学院的勤工俭学部，经常参与勤工俭学活动。她还给自己找了两份家教，把自己的周末时间也塞得挤不出一丝缝隙。她用自己赚的钱交了每学期的学费，有时还给爷爷奶奶寄一些。大三的时候，她成了化学老师的助手，并且协助老师写了一篇在国际上获得奖项的论文。

大学毕业后，她被分配到了县城最好的幼儿园。她有些欣慰，感叹自己终于可以让爷爷奶奶安心了。然而当她看到村里纷纷立起新房后，心里紧了一下。她不想让爷爷奶奶再住在旧房里，于是萌生了造房子的念头。

她开始省吃俭用，像上大学时一样，给自己找兼职。她擅长钢琴，于是在琴行找了一份周末兼职的工作。工作后的第二年，她开始着手给爷爷奶奶造新房。她自己画了图纸，与建筑师交流房子的设计与格局。当她年迈的爷爷奶奶想说些什么的时候，她说："你们啥也不用操心，我自己会负责一切的。"上课、做兼职、操心房子，她开始像上紧发条的闹钟一样，一刻不曾停歇。半年多后，房子造好了，她又开始考虑装修房子的事。她设计了一套又一套方案，不停地与装修师傅沟通、再三斟酌，房子装修工作终于在半年后落下帷幕。她因此欠下了债。

不久后，她的生命中出现了令她心动的男人，他说要帮她还债，但被她拒绝了，她说这对他不公平。

这时，她所在的琴行因为经营不善濒临倒闭。她将琴行转了过来，开始重新装潢。一切出奇地顺利，琴行在她的经营下竟然风生水起。

有一天，她突然给我发来一条信息：大哥，我要结婚了，记得来喝喜酒噢。我蓦然有种恍然之感，我与她自小认识，而我却觉得自己从来不曾真正了解她。几天后，我登上 QQ，看到她刚更新的个性签名：踮起脚尖，才能亲吻阳光。我突然感到一阵暖流自脚底升起。

每个人都是不可复制的传奇

那是暮春时分，我在义乌的一个公园里闲逛。我脚下的小径全是藏青色的石砖铺成的。然而我的眼前突然出现了两行粉笔字，空心，楷体，工工整整。写字的人，真是颇具慧眼，把一块块石砖当成了写字格。我不由得肃然起敬。粉笔字的内容大多是古时的家训，想来，写字的人应该是位颇有学养的老先生。

我没想到粉笔字居然很长，我拐过一个弯，粉笔字却还在延续。我终于在粉笔字的末端看到了写字的人。但他的形象实在是大出我的意料。这哪里是一位老先生，分明是一个流浪汉。他的面前放着一个铁碗，碗里已经零零碎碎地躺了一些纸币和硬币。我被眼前的景象惊得一时没回过神。

良久，我才从口袋里掏出一些钱，然后缓缓放到他的碗里。我想，他应该是一个有故事的人，便有了和他攀谈的兴致。

他显然没料到我会和他聊天，惊奇之下，又有些兴奋。果然不出我所料。年轻时，他是一个民办教师。那时，他在村里教书，总共三个年级，四五十个学生，他一个人既教语文又教数学，还兼任学前班、一年级、二年级的班主任。他自豪地告诉我，在他任教期间，每次期末考试，他们学校的成绩在乡里都是名列前茅。这着实让我有些惊讶。

后来，他和当地的村干部有了一些矛盾，村干部居然烧毁了他的所有证件和证书。他离开了那所学校，从此之后便开始四处打工。后来，他娶妻生子，陷入柴米油盐的琐碎生活。

然而命运和他开了个天大的玩笑。前些年，他的儿子从建筑工地里跌下来，钢筋直接穿透他的身体。从此之后，他的儿子常年在家养伤。此后的不久，她的女儿忽然失踪，至今杳无音信。他和他的妻子又同时得病，常年药不离口。

说到这里的时候，他的眼角有些湿润。我的心情也忽然沉重起来。若是他不言，我又怎能知道这个落魄在此的人，有过那么辉煌的过去。

我曾经遇到过一个卖水果的人。他开着一辆三轮车，天天走街串巷。他长得膘肥体壮，嗓门也特别大。有一日，他的生意冷清，忽然和我聊起过往。他说我像你这么年轻的时候，身体可好了。原来，他爷爷是习武之人，他从小便跟着爷爷舞刀弄枪。上学后，他进了学校的武术队。从小学到初中，再到高中，他一直是学校武术队的队长。

他读高中的时候，市里举办了青少年散打擂台赛。他一举获得市散打冠军。他忽然间声名鹊起。然而，他不知道，一场大病正朝自己悄悄靠拢。

这场病来得太突然，并且一生就是5年。等身体康复后，他已经错过大学，也错过了自己最美妙的人生。他开始到工厂里打工，到工地里干活。他当过门卫，干过保安，最后卖起了水果。若是他不与我闲聊，我同样不知他有过这样辉煌的时刻。

在这个社会里，我们会遇到很多人，比如清洁工、比如黄包车夫、比如拾荒者，他们大多数人给我们的印象是庸庸碌碌、平淡无奇。事实上我们错了，这世上的每个人都有过与众不同的辉煌，每个人都是一个不可复制的传奇。

出发，是最好的开始

我读初中时，体育不错，尤其是跑步。初二的秋季，我参加了 1500 米长跑比赛。那是我第一次参加强度这么大的长跑，自从老师宣布了我的参赛项目后，心里就一直波涛汹涌。

离比赛的日子越来越近，我也渐渐变得茶饭不思，脑海里总是播放着有关跑步的画面。有时担心自己会在开跑时被人推倒，有时又想自己会不会听不见裁判的哨声，各种关于跑步的臆想层出不穷。我变得异常憔悴，并且随着比赛的日益逼近呈现出一种近乎神经质的状态。老师的鼓励，同学的安慰，似乎都不管用。那是一段难熬的日子。

不过，开运动会的日子到底到了。快轮到我比赛时，那种紧张的压迫感几乎让我感到窒息。站在起跑线上，我简直怀疑心脏要蹦出来。随着“预备，跑”的声音，我的双脚开始飞快地交替，我仿佛被一股无形的力量推着走。彼时，内心是如此专注，再无紧张，亦无忧虑，眼中除了前方，别无他物。

几分钟后，我到达终点，跨过终点线，内心一片澄澈。那一刻，我深刻领会什么是如释重负。我意识到，只要开始，眼里就只有前方，就不会有疑虑。

有一次，我表哥骑摩托车带我到乡间闲逛。午后，天空突然乌云密布，随即没有任何过渡地下起倾盆大雨。表哥和我躲进一间凉亭。我们期待躲一会儿，雨就能停，但雨一直下着，如泼，如倒。

我和表哥面面相觑，都在纠结要不要走的问题。如果过会儿雨停了，现在走岂不是很亏。如果雨一直下，我们该躲到何时。这个问题把我们一直困在凉亭里。

最后，表哥大义凛然，决定走。我们坐上车，披上雨衣，准备起程。当表哥发动车子后，我心里再无纠结，一心只想早点到家。那一瞬间，我突然发现之前的纠结是那么多余，我们早该出发了。

我的一位朋友，一心想创业，但囿于眼前的安逸生活迟迟没有动手。每当酒后，他就会与我大谈理想，说要开一个店，定期给自己放假，去饱览祖国的大好河山。但他的理想基本随着酒气烟消云散。

这回，他动真格了，说是准备开一个连锁店。他开始看加盟事宜，选场地，招聘员工。一个多月后，新店顺利开张。他说，之前总在考虑开什么店好，亏了怎么办，这些想法无一不困住他的脚步。现在心一横，反倒毫无顾虑了。

他的话让我想到初二的秋季运动会，想到乡下躲雨的事，不禁心生感慨。我们总是囿于自己的假设，让疑虑拴住前行的脚步。殊不知，向前跨出的每一步，都可以击碎它们。出发，才是最好的开始。

后记

写这篇后记的时候，我刚读完叔本华的《要么庸俗，要么孤独》。我是双子座的，性格中带有两面性，有时喜欢热闹，有时喜欢安静。近年来，这种双重性格在我身上体现得越来越不明显。我愈加热爱安静和孤独。

我刚读大学时，大抵因为初见城市的繁华，颇有种迷醉的感觉，天天出入碟吧、网吧。我们的刚从大学毕业的班主任告诉我们“要学会享受孤独”。我们不屑，继续出入商场、夜市、网吧。

如今倒觉得这句话的可贵。孤独其实是一种很好的品质，面对孤独，我们可以将最真实的自己展现出来。我大抵因为孤独才爱上写作。尽管写的东西幼稚肤浅，但写作毫无疑问是我与世界交流的一种方式，也是跟自己对话的一种途径。

恰恰是写作的孤独，丰满了我的内心世界。写作的孤独只是表象，当我在写作时，内心世界充满森林和鲜花。笔下的人物或对我笑，或对我哭，或对我手舞足蹈。每每完成作品，喜悦就爬上心头。这是孤独给予我的美好。我与文字相伴已有好几个年头。如今想来，当初拿起笔是一种勇气，因为我从不知前方的路途。所幸无论我写得好或不好，总有人默默支持我，我的家人、朋友、同事，乃至萍水相逢的人。

此书是我写作多年的文章小集，不是自传，亦非个人记录，书中的“我”，并非我本人。写别人的故事，流露自己的情感，亦是一种幸福。感谢钟天贵老师和徐畅老师，感谢中国华侨出版社。为了这本书，你们付出了很多心血。最后感谢每一位读者，我爱你们。

范泽木

2014 年 7 月 3 日于横店